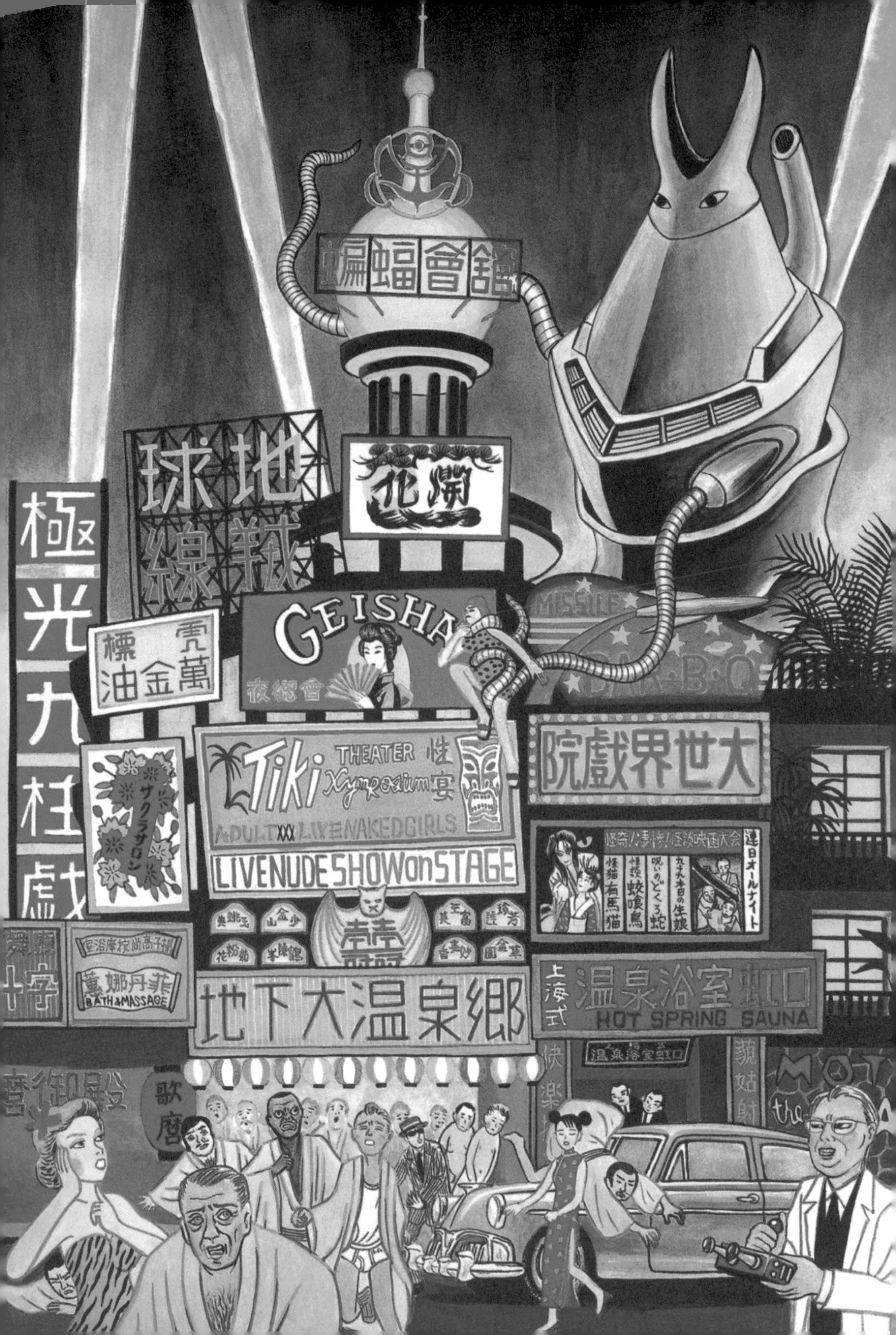

極光九柱戯
地球
GEISHA
夜總會
Tiki THEATER 性宴 Xymposium
ADULT XXX LIVE NAKED GIRLS
LIVE NUDE SHOW on STAGE
サクラサロン
BATH & MASSAGE
地下大温泉郷
MISSILE
BAR-B-Q
大世界戯院
怪奇!凄惨!怪談映画大会
連日オールナイト
上海式
温泉浴室虹口
HOT SPRING SAUNA

うまい酒
両関
ビール 大500 小300
日本酒 250
サワー 300
エビ 150
カキ 200
ハマグリ 100
ホタテ 250
サザエ 400
アワビ 450
イカ 300
タコ 350
アナゴ
カサゴ
一滴 壽千金
旭
鶴

脊髄カリエ
卵巣膿腫
子宮・血の道
胎毒・ノイローゼ
ね小便・虫下し
巽
離
坤
天紋
人紋
震
明堂
地紋
艮

ブンデイタ
靴長ムゴヒサア
ブラジル
珈琲
牙科

ยอดน้ำปลา
罐詰
名産
山葵漬

增訂版

紅色褲襪男

赤タイツ男

逆柱意味裂
逆柱いみり

目次

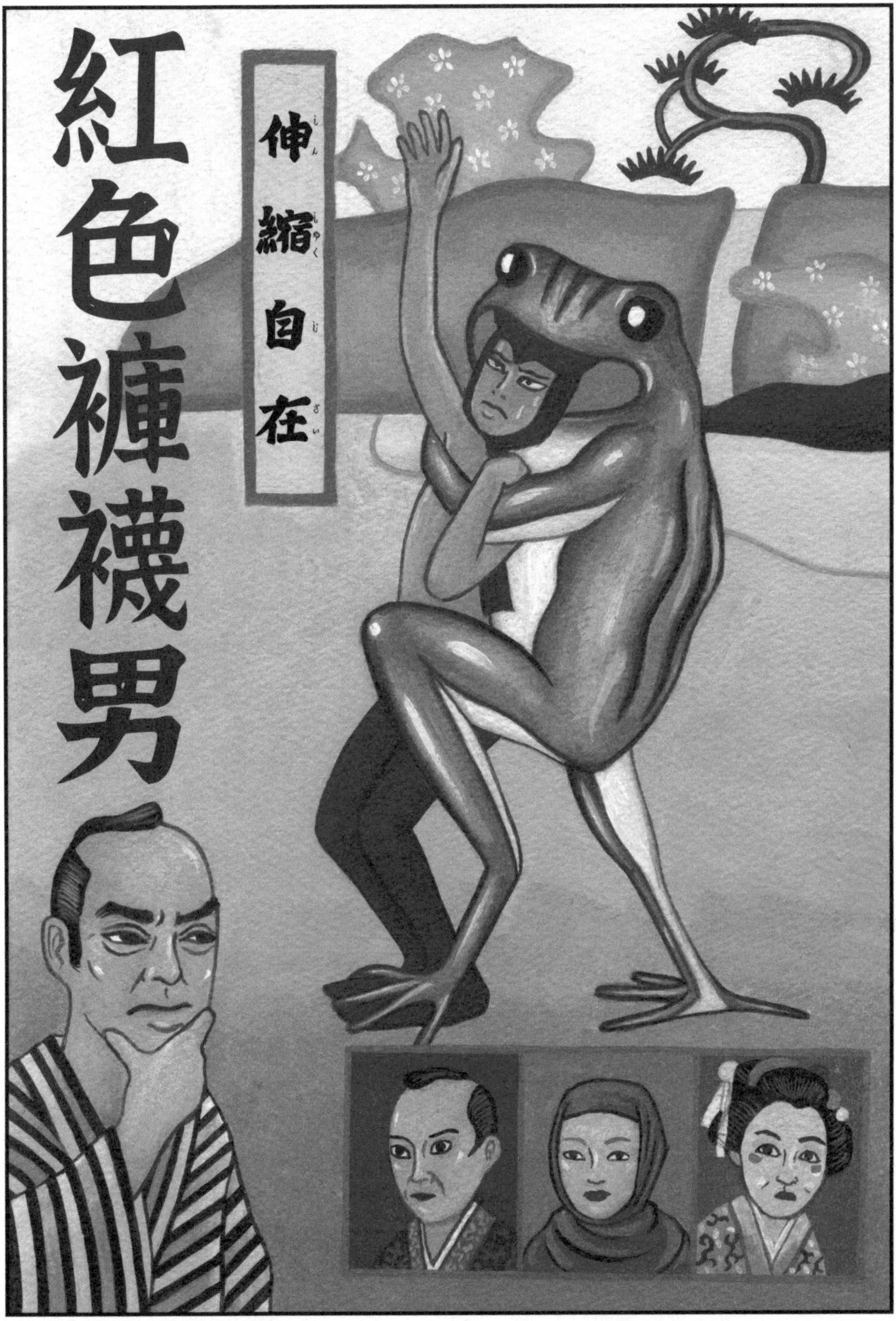
紅色褲襪男
伸縮自在

すっぽん
大衆割烹
うぶげ
垢嘗
御料理
ビール 150
天丼 200
牛丼 150
垢嘗
山くじら
裏声道場
宇宙ファルセット
左下曲がる
狸伝膏
皿うどん
おじや
髭男爵
産婦人科 性病科 内外科
スグソコ
京風神秘療法
けむりくび肛門科
スポーツ
小便禁止

ZOMBIE
ラーメン
THE JUNGLE
Cocktails & Coffee
準備中

バナナ問屋
おでん
アイスキャン
バナナヲデン
甘蕉
非律宾
特製
アイスキャンデー
コリアン
コッピ

繁昌
商標
登録

貸テレビ
一流メーカー天然色 月参百圓
発展途上國産モノクロ 月弐拾圓
ガーッ

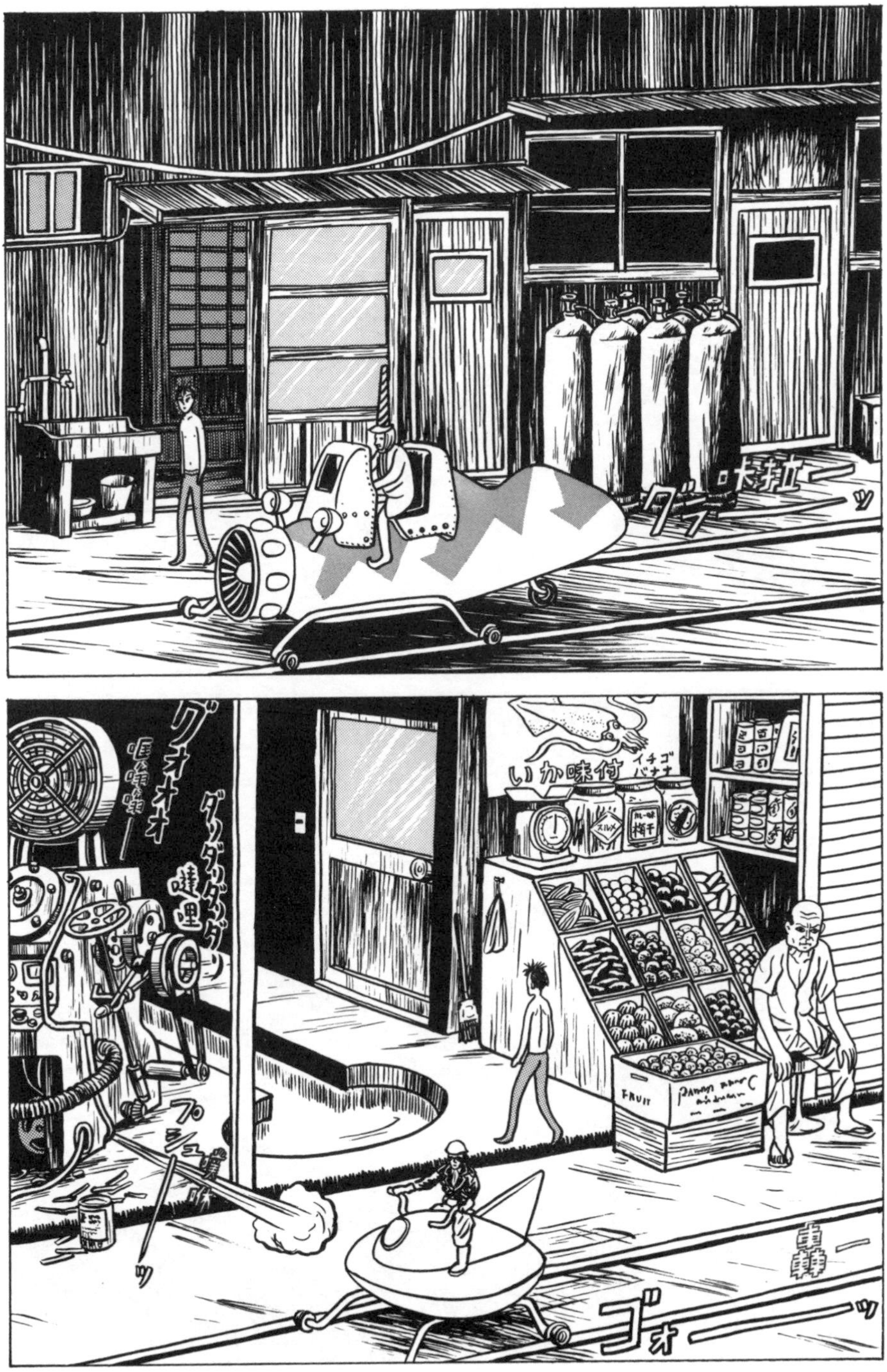

グラーーッ
咔拉
グオオオ
哐嗡嗡ー
ダッダッダッダリ
噠哩
いか味付
イチゴ
バナナ
スルメ
梅干
FRUIT
プシューッ
ゴォーーッ
轟ー

ドOOOO吟隆隆……
ダリダリ
噠哩噠哩
キチョキチョ
喀喀啾啾
グオオオオオ
哐嗡嗡

河伯

孫太郎蟲
猫イラズ

海女実演ショー
ビベベベ嗶咘咘……

เสือผ้า
TAXI
TUK TUK TUK

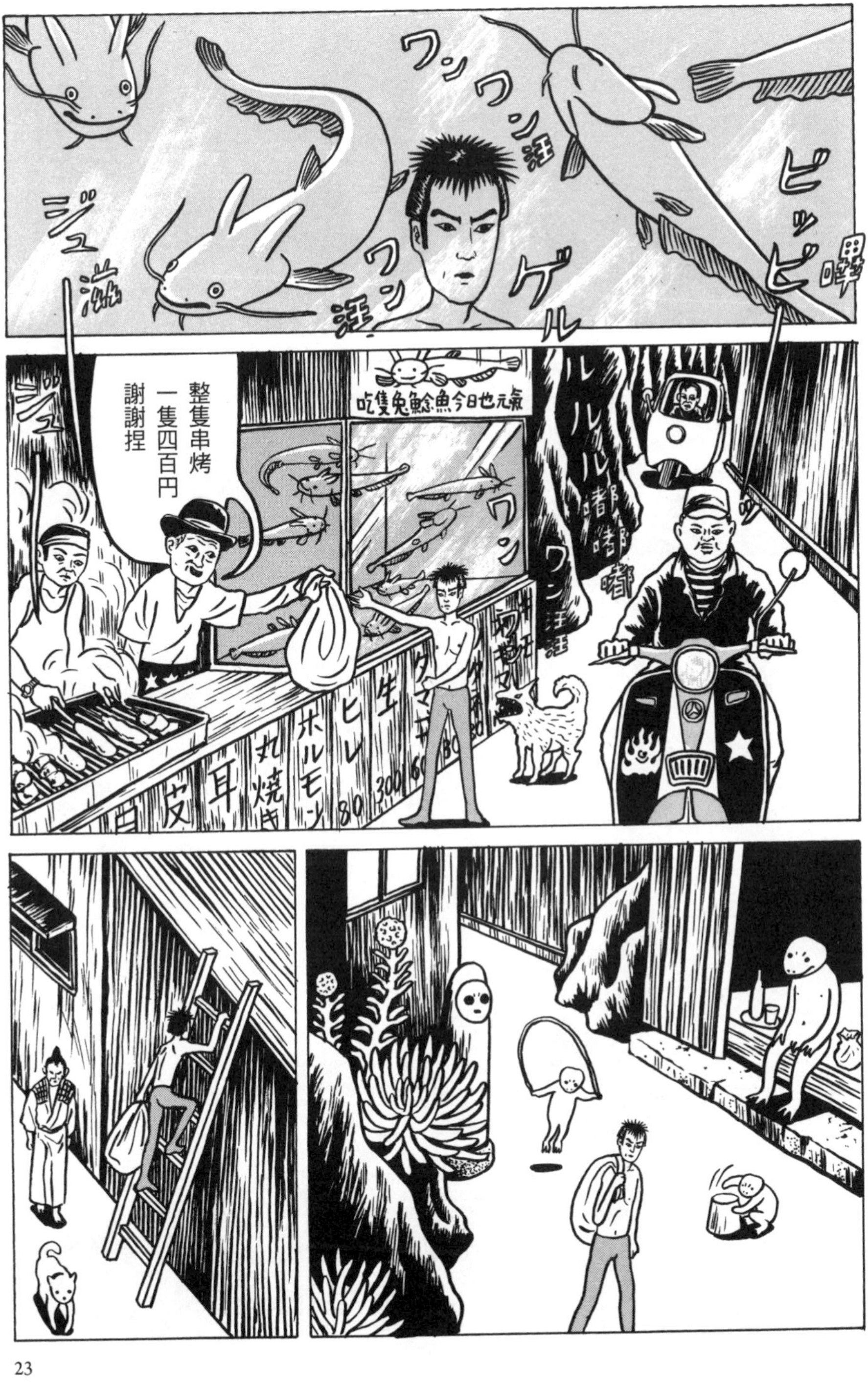
ビッピ嗶
ワンワン汪
ゲル
ワン汪
ジュ滋
ルルルル嘟嘟嘟嘟
ワン汪汪
ワン
吃隻兔鯰魚今日也元氣
整隻串烤
一隻四百円
謝謝捏
ジュ
ヒレ
ホルモン
丸焼き
耳
皮
80
300

ブルルル

クアッ
クアッ
呱呱
ちゃぷっ
啾噗ー
ピョピョ
ピョピョ
ピョッピョピョ
鳴鳴
ンゴンゴ
咕咕咕
ングアッ
ぺた
啪嗒
啪嗒
機器人研究所
啪嗒ぺたっ

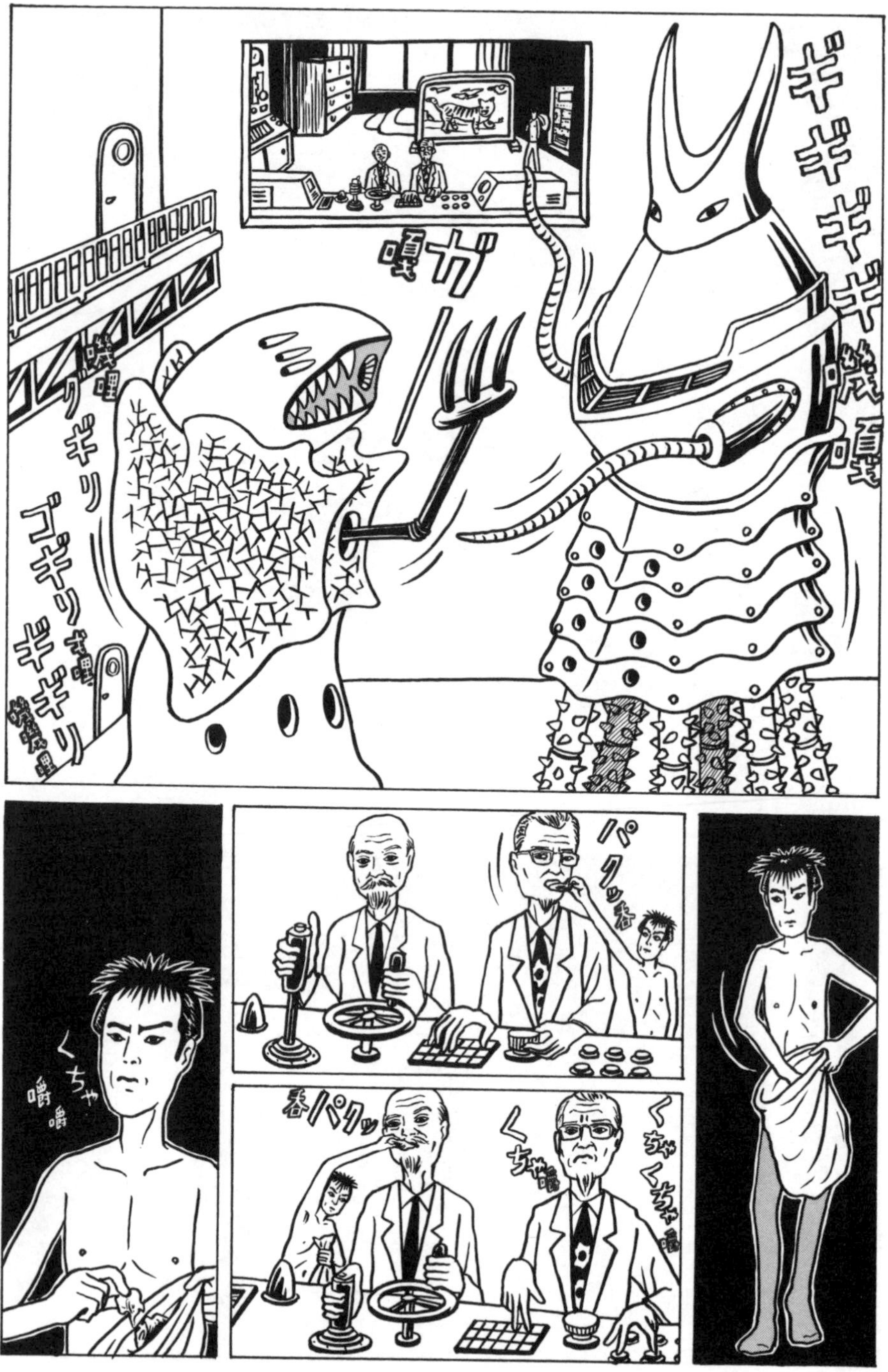
ギギギギ嘰嘎
嘎ガ
グ嘰哩
ギリ
ゴギリ咕哩
ギギリ
嘰嘰哩
パクッ吞
くちゃくちゃ嚼
くちゃ嚼
吞パクッ
くちゃ
嚼嚼

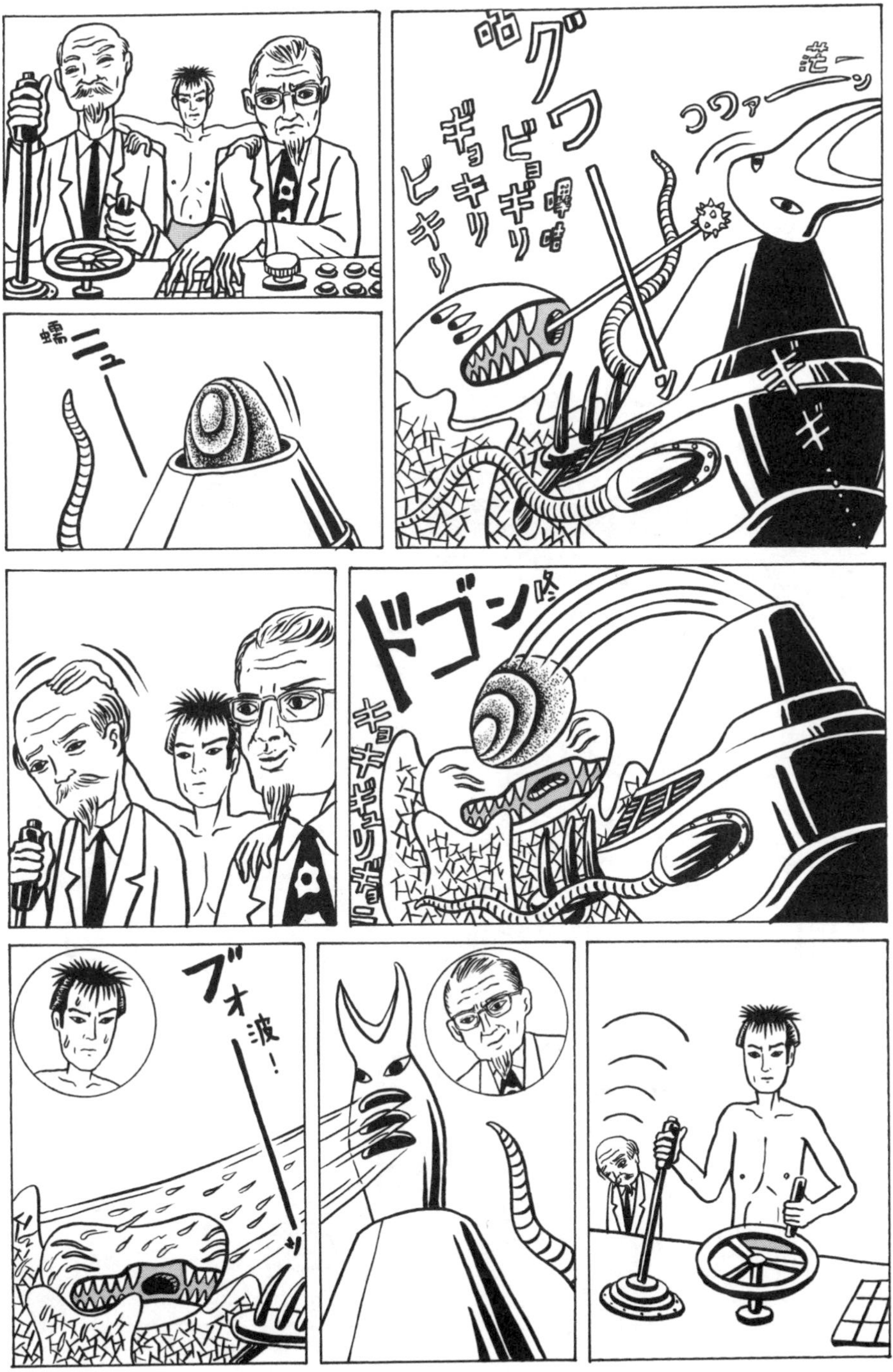
つワァーーン
グワ
ビョギリ
ギョキリ
ビキリ
ギギ
蠕ニュー
ドゴン
キョキギュリギョ
ブオ波！

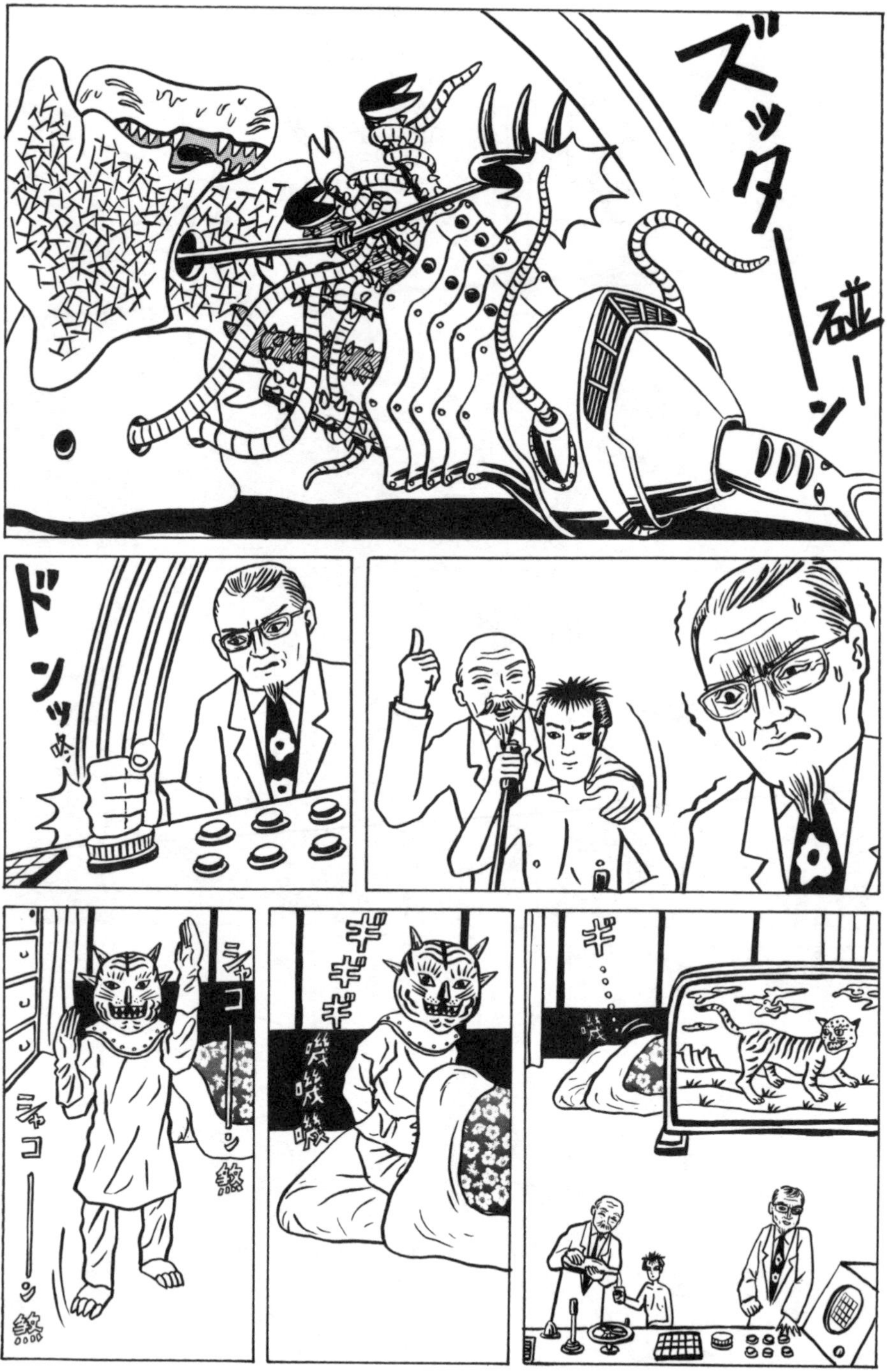
ズッター
碰ーーン
ドンッ
咚
シャコーン
シャコーーーン
ギギギ
嘰嘰嘰
ギ
嘰

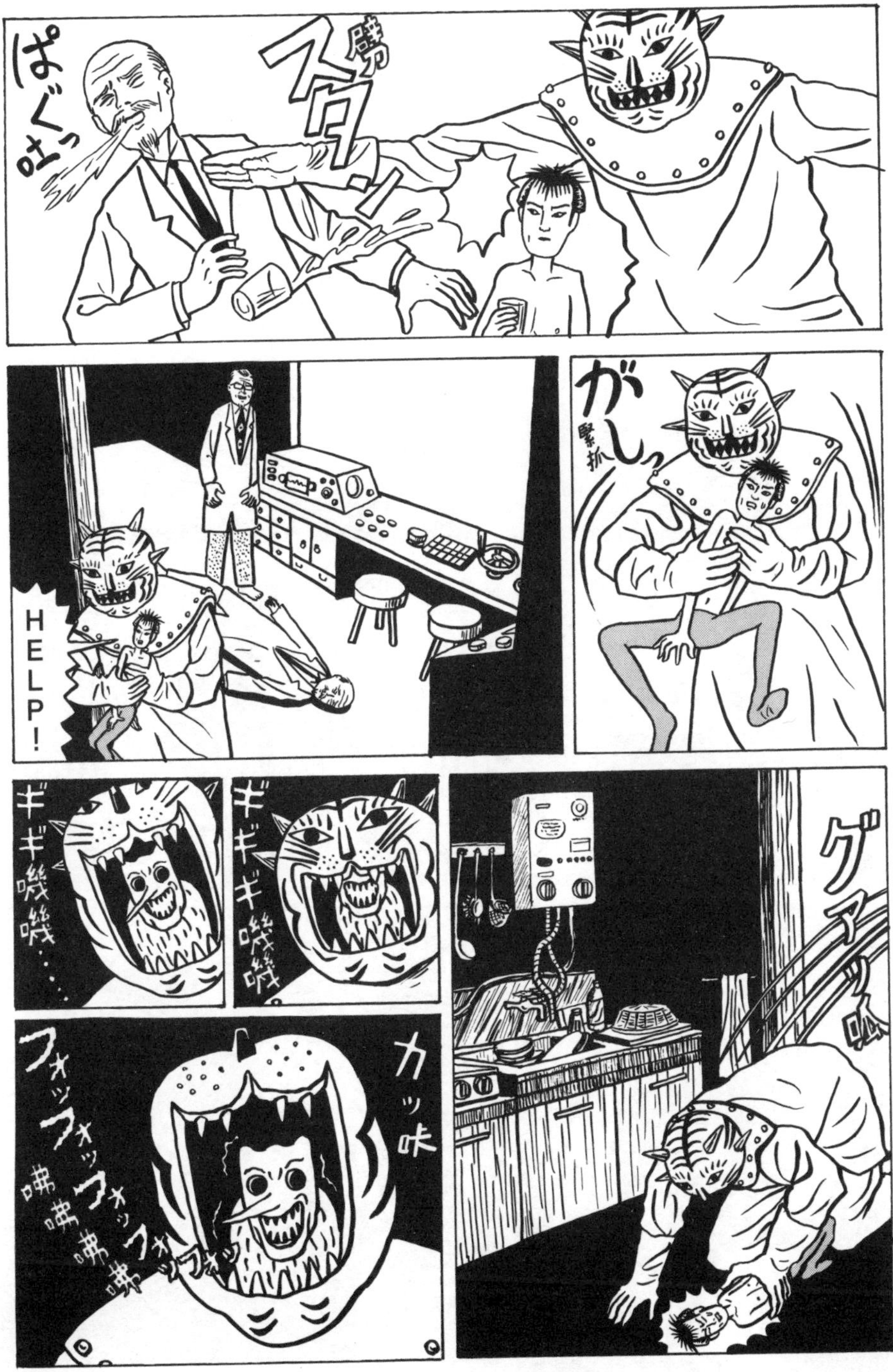
ぱぐっ 吐
スタン 劈
HELP!
がしっ 緊抓
ギギ 嘰嘰……
ギギギ 嘰嘰嘰
カッ 咔
フォッフォッフォッフォ 咈咈咈咈
グァッ

トントン
咚咚
キイイイイイ
嘰
NO!
グイ
フォッフォッ
咈咈
嗚!

蹬
ぴょーん

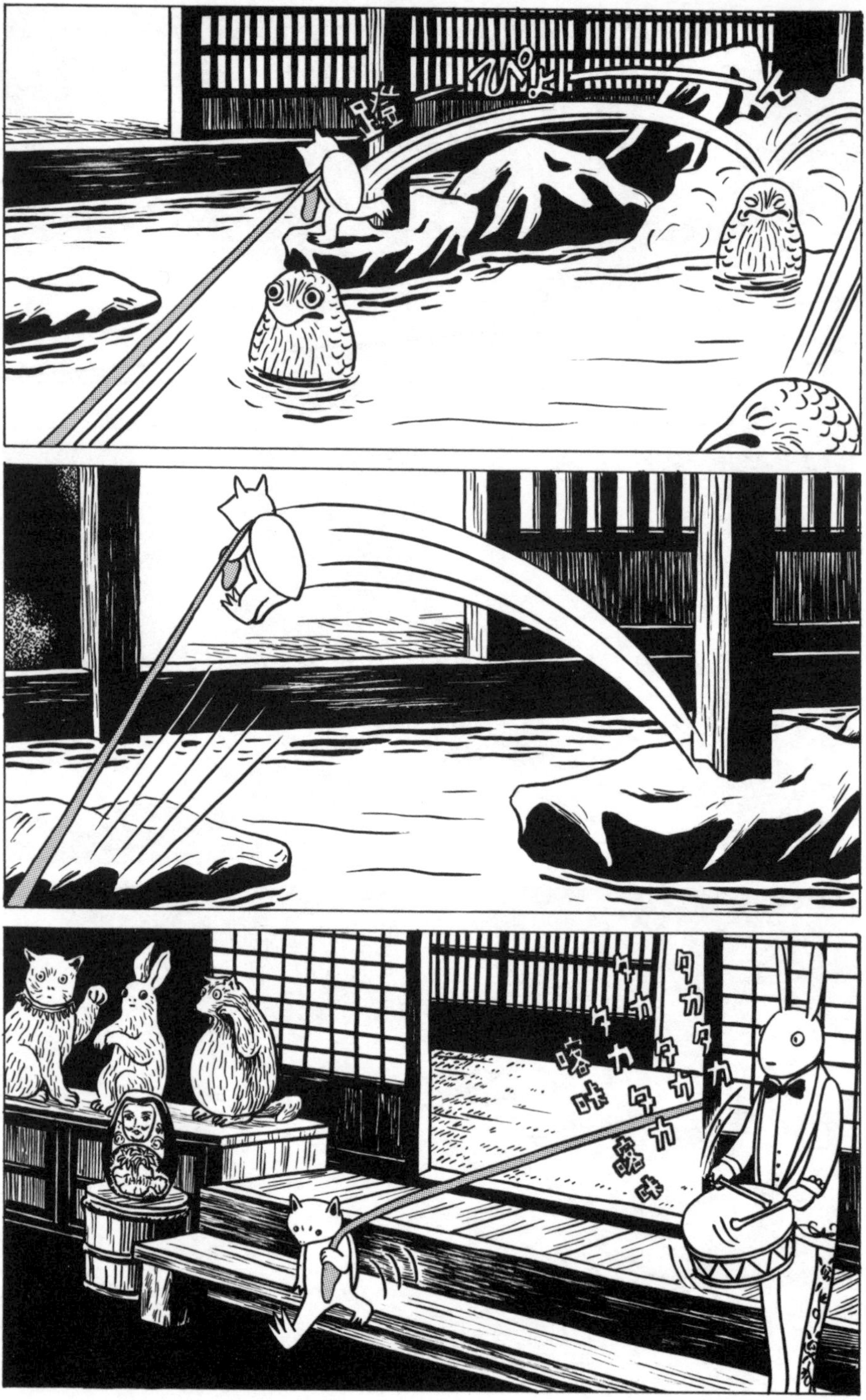
蹬
ぴょーん
タカタカ
タカタカ
タカタカ
喀咔
喀咔

Toshiba

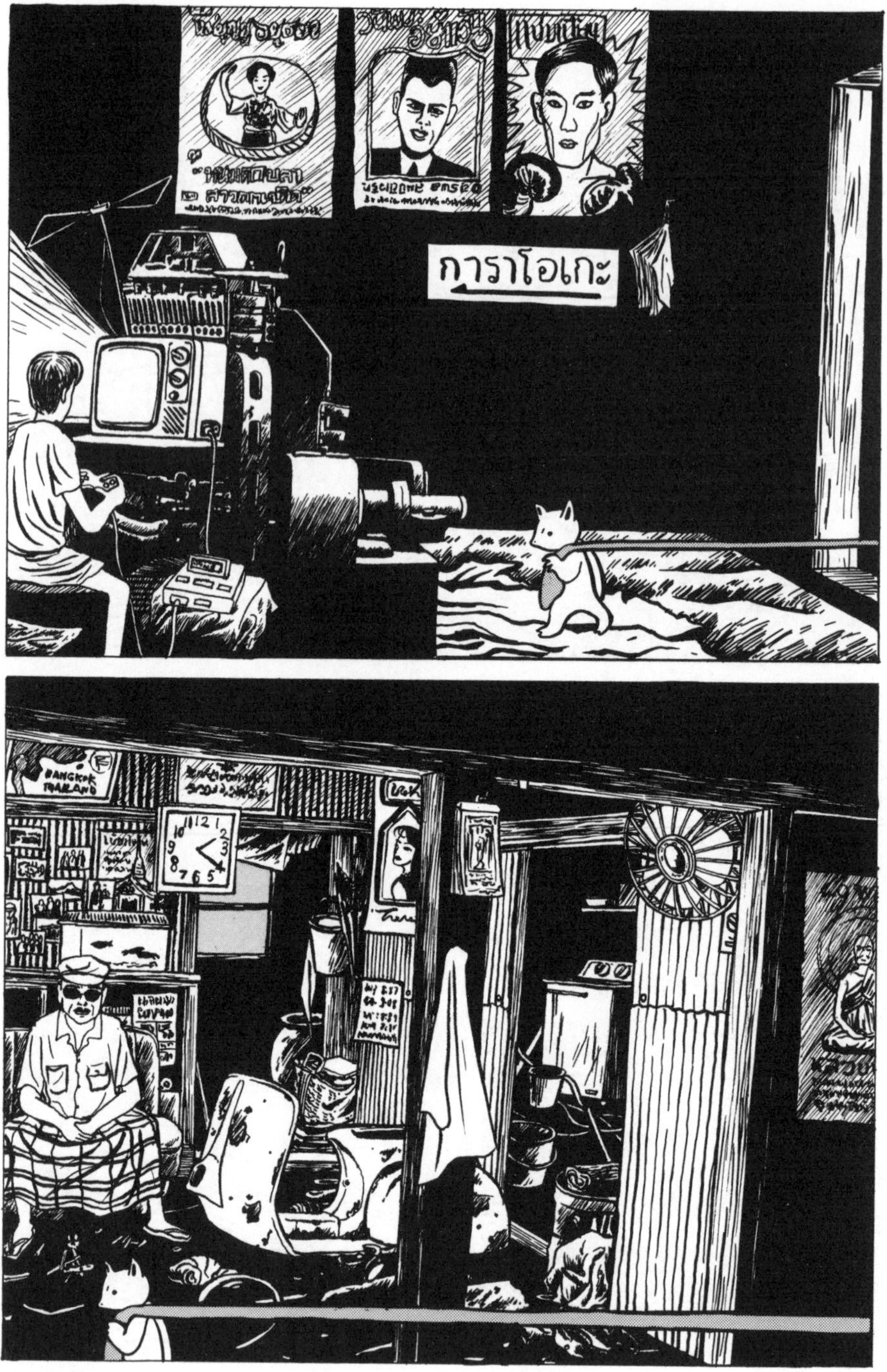

การาโอเกะ
BANGKOK THAILAND

ケモノの胎内
トキソプラ
寄生虫
感染いた
此の様な
悲劇は
産
100万分の
遺伝或は
人異的

クリーニング山本
蝙蝠

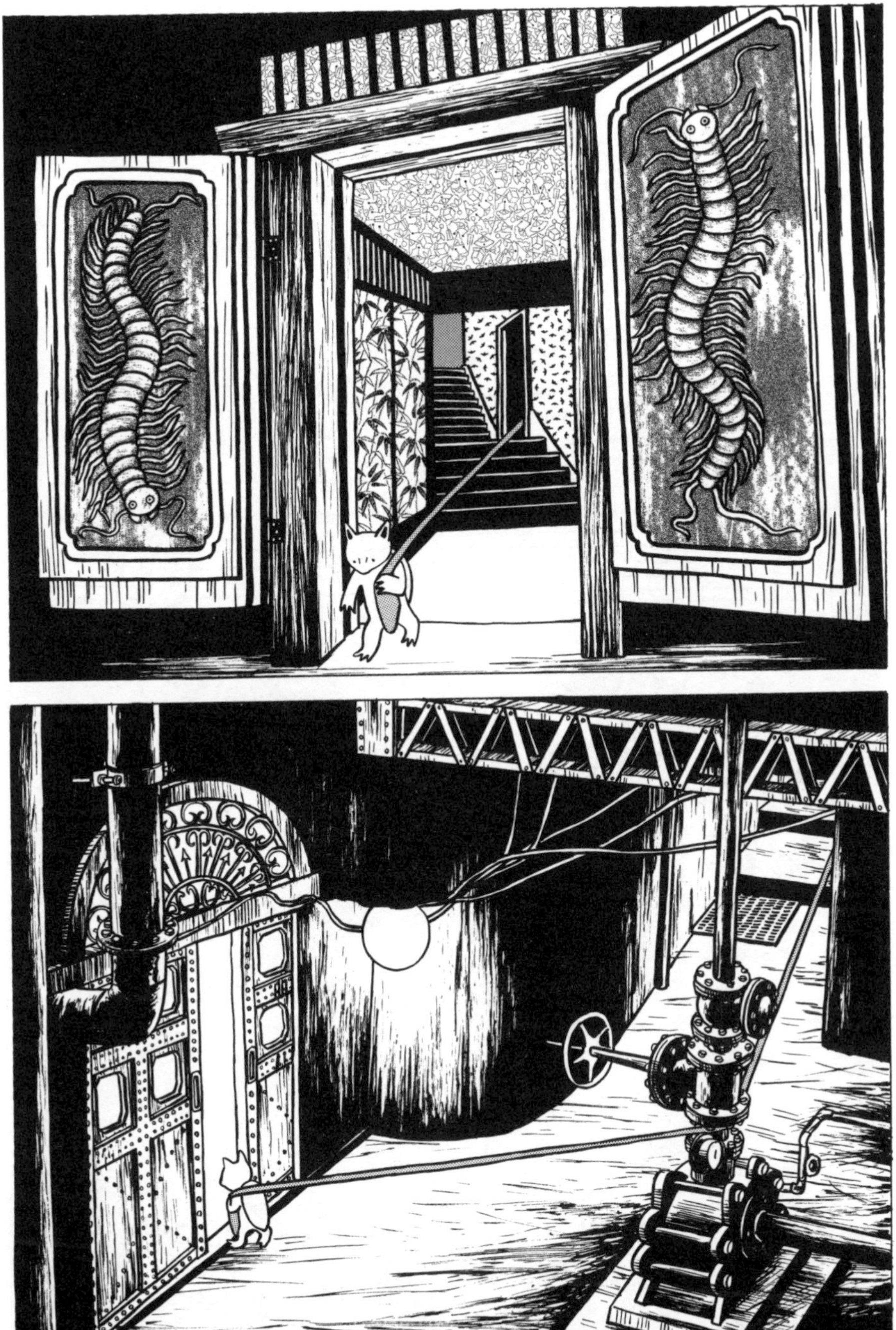

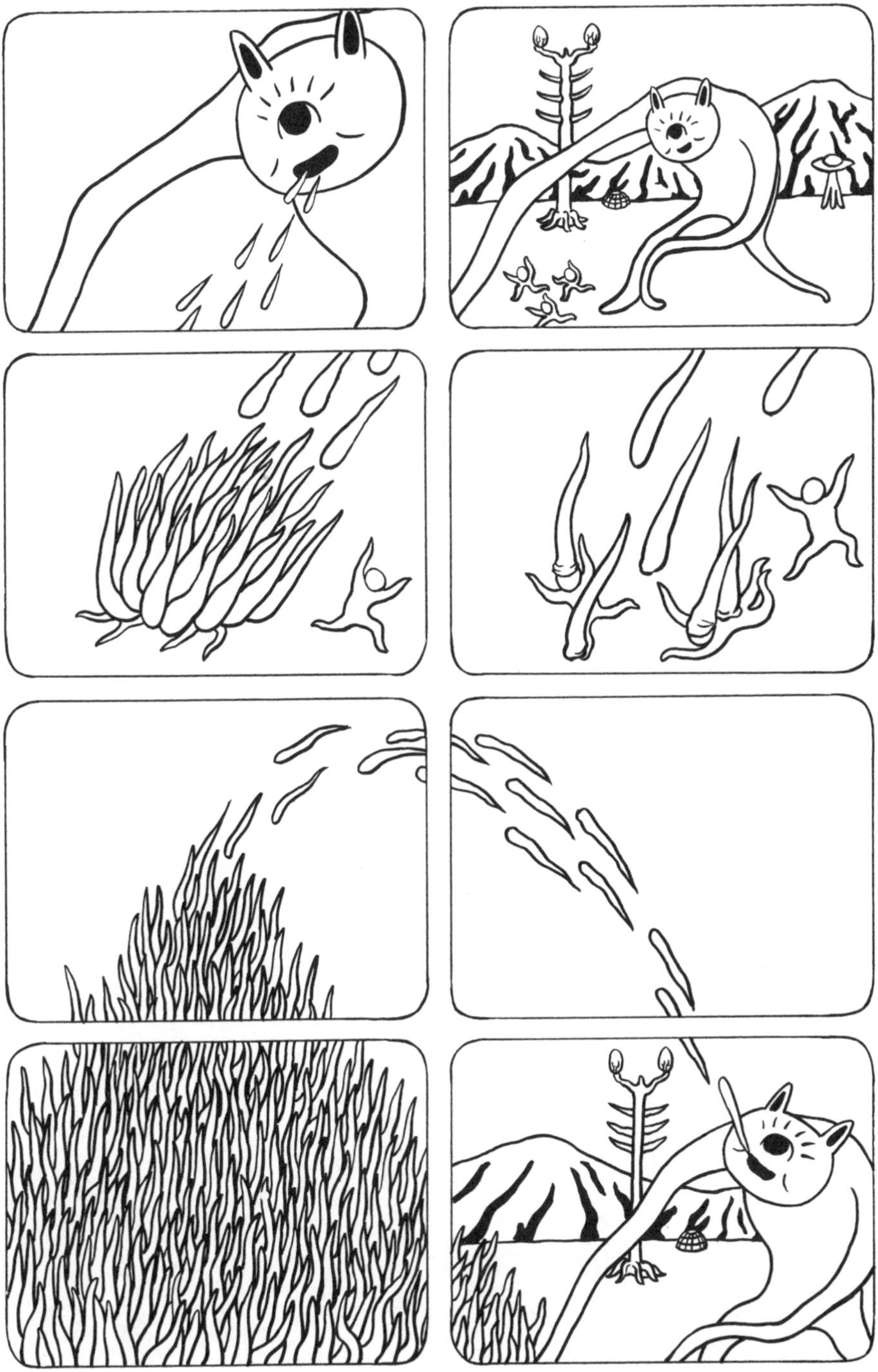

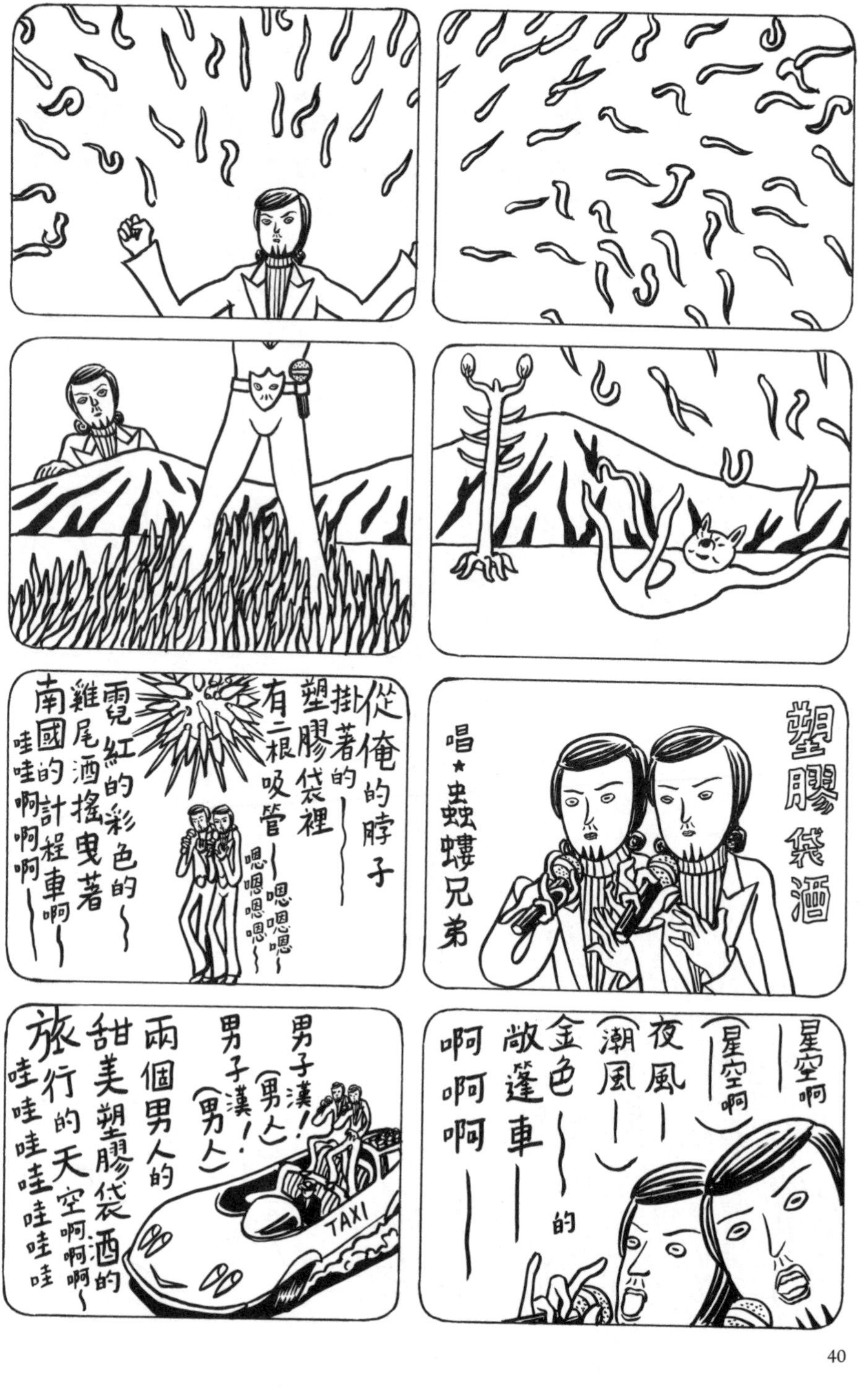
塑膠袋酒
唱★蟲螻兄弟
從俺的脖子
掛著的～
塑膠袋裡
有二根吸管～
嗯嗯嗯～
嗯嗯嗯嗯～
霓紅的彩色的～
雞尾酒搖曳著
南國的計程車啊～
哇哇啊啊啊～
星空啊～
（星空啊）
夜風～
（潮風～）
金色～～的
敞篷車～～
啊啊啊～
男子漢！（男人）
男子漢！（男人）
兩個男人的
甜美塑膠袋酒的
旅行的天空啊啊啊～
哇哇哇哇哇哇哇
TAXI

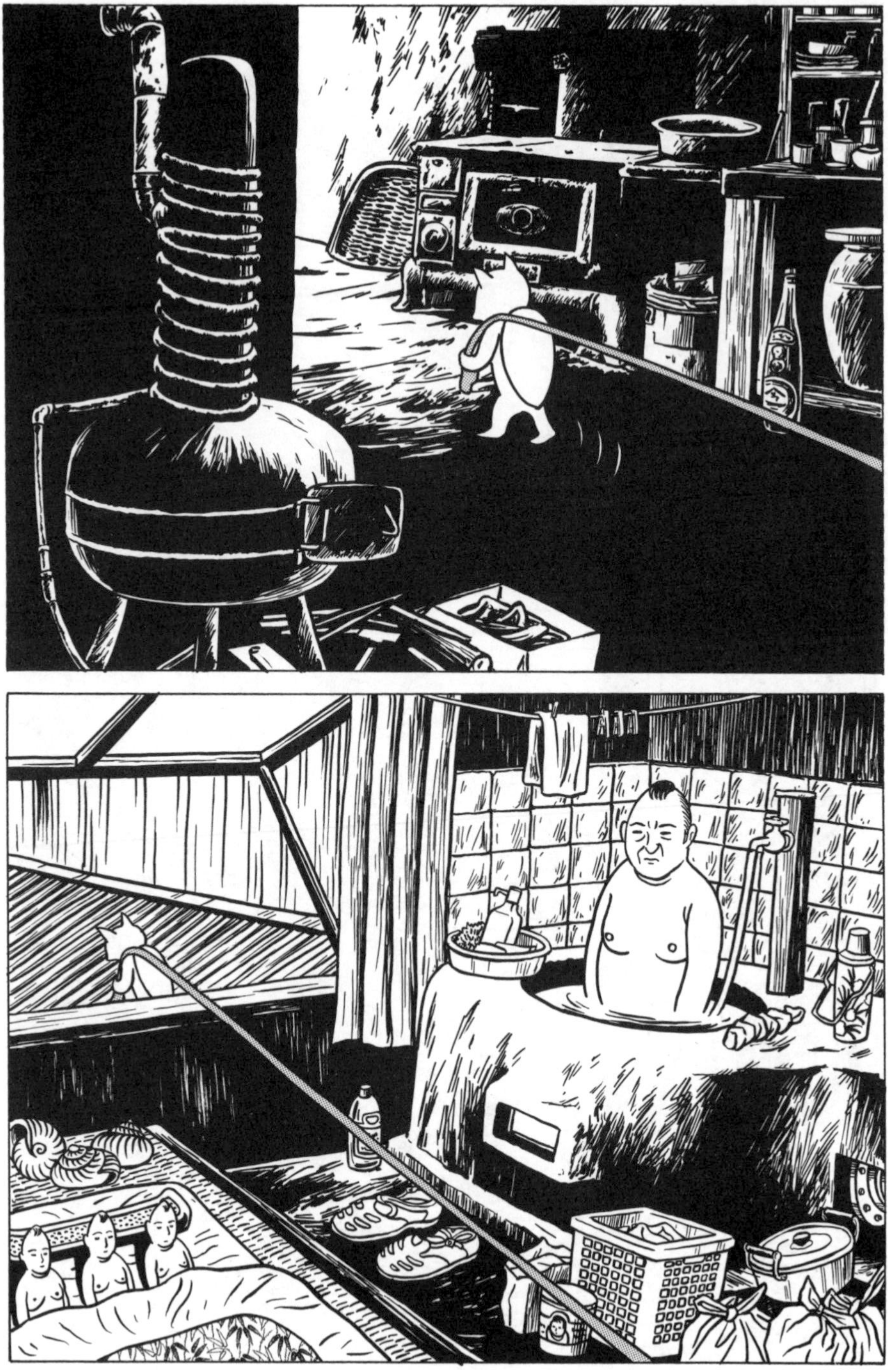

カルテパ
住友製薬
ビトンーハイ
三共株式会社
かき肉エキス
日本クリニック
キューバン

蝦蟇の油
よくきくよ
鸡巴蛋
天ぷら
薬
調剤 処方
軽食 喫茶
花花公子
ミルクライス
コーヒー
疲労回復に
良薬
ネオンパンプロン
登録商標
ホルモン
豪傑堂

雲雀家食堂
部屋干し
たがめ
32
あま口

天下一品
天ゼリー
天下
登録
銘酒
有明石鹸
花浪
芳香堂製造
かぜ
藥
頓服
商標

PRINCE
430

頭痛と歯痛に
ケロリットD

発酵 仕上り
ぬかみそ

違法改造
タクシー

13
13
13
13

電氣温泉

コンペイ糖
岩おこし
岩納豆
生姜漬
人間発電所
宇宙人
漫才
気合術
曲芸
マジック
占い
カラテ
生姜漬
岩納豆
一〇〇〇
五〇〇

SAKE 酒
たばこ
Oasis

火星八本足地蔵菩薩
せき声のど
ヨクキク
クワッ呱！
バチ砰ッ
バチッ砰
バチッ砰
バチッ砰

火星八本足地蔵菩薩
火星八本足地蔵菩薩
せき声のど
ヨクキク
カ喀ッ
ホ駒ッ
クワ
火星八本足地
せき声
ヨクキ
バチッ
バチバチバチッ
砰砰砰

ドンッ
咚
ガコーン
哐
ガコーン
哐
ギギギギ
嘰嘰
ギ
嘰

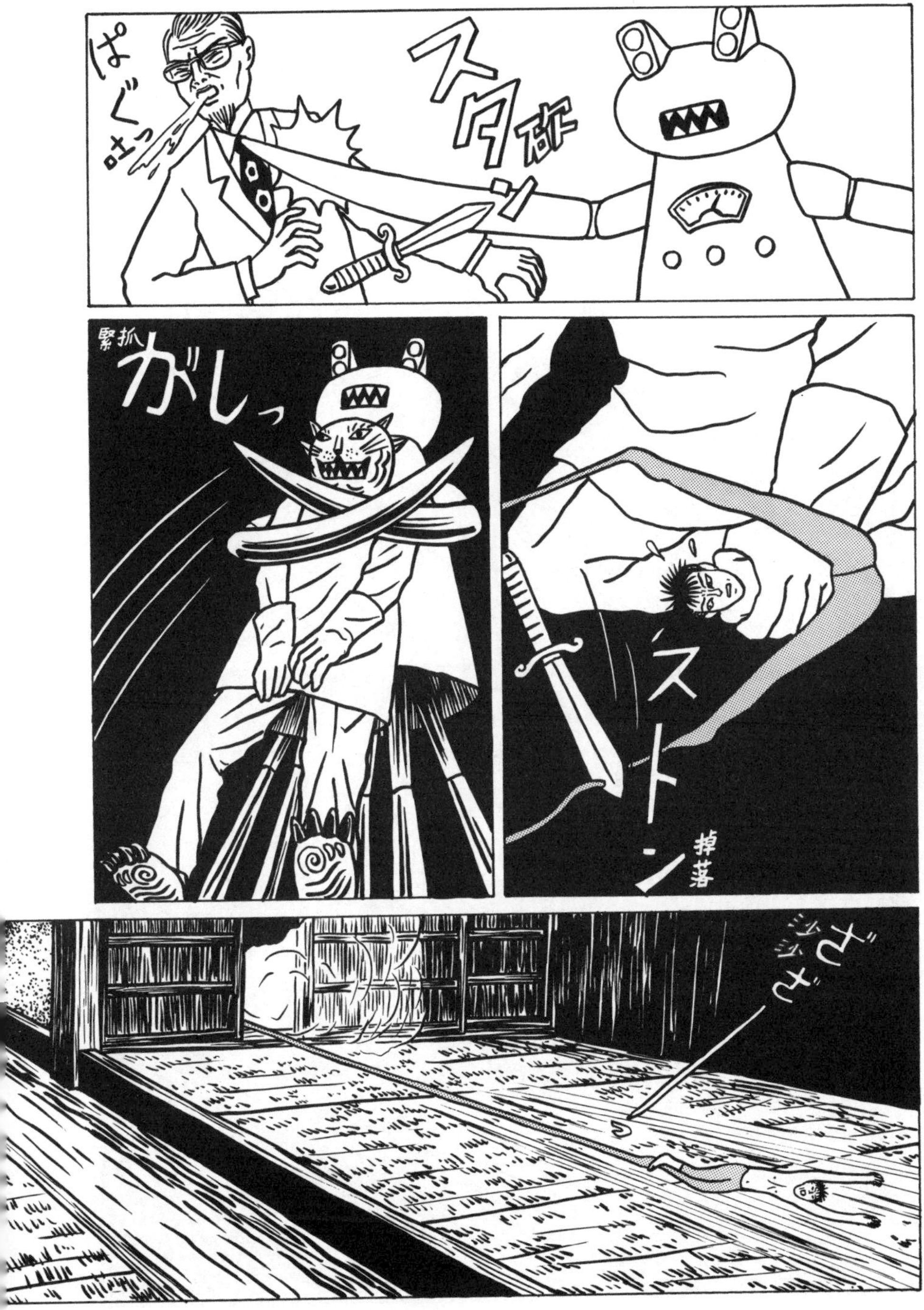
ぱぐっ
吐っ
スタッ
砍
緊抓
がしっ
ストーン
掉落
ざざ
沙沙

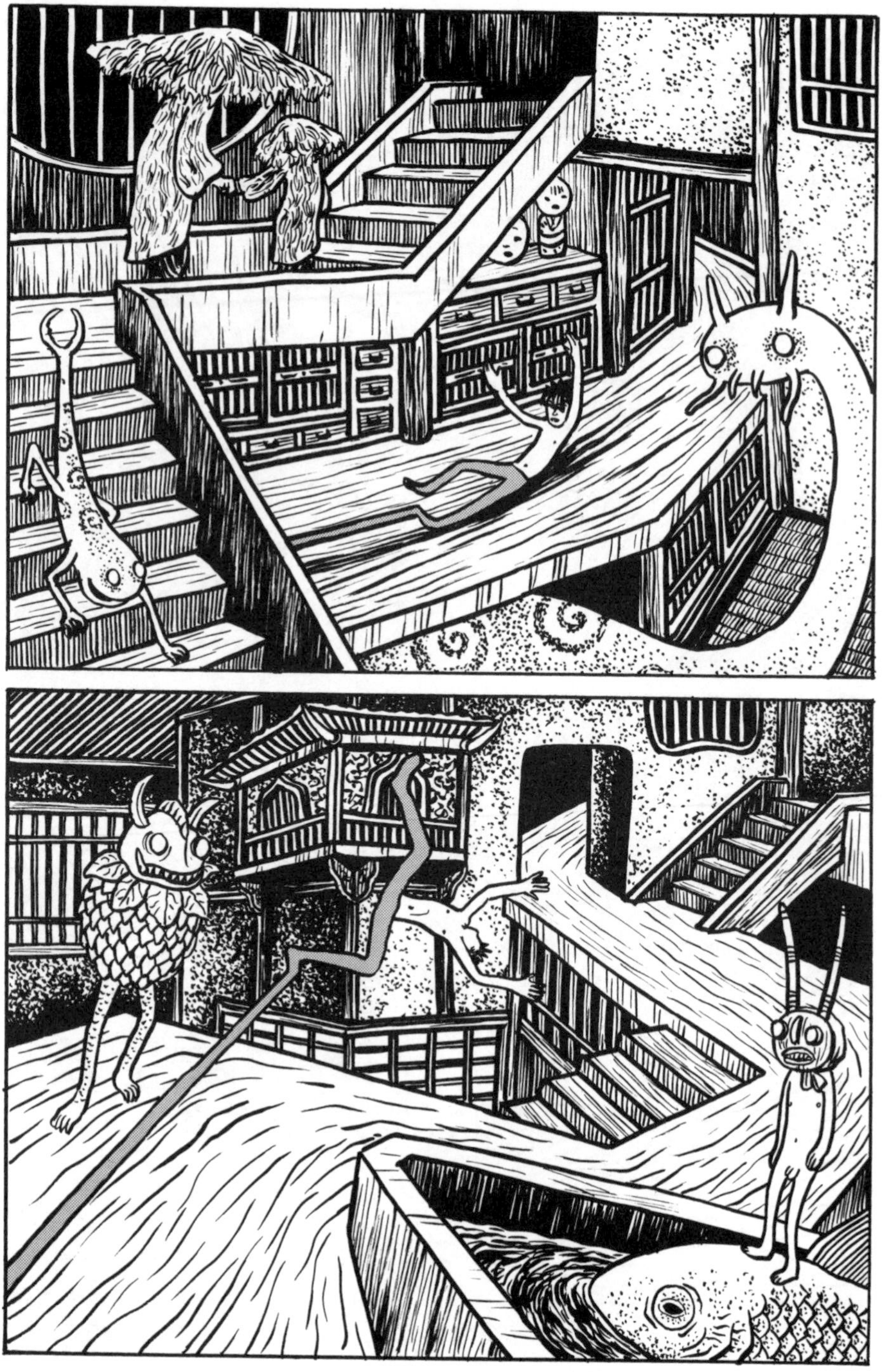

UPER CAR

777
12

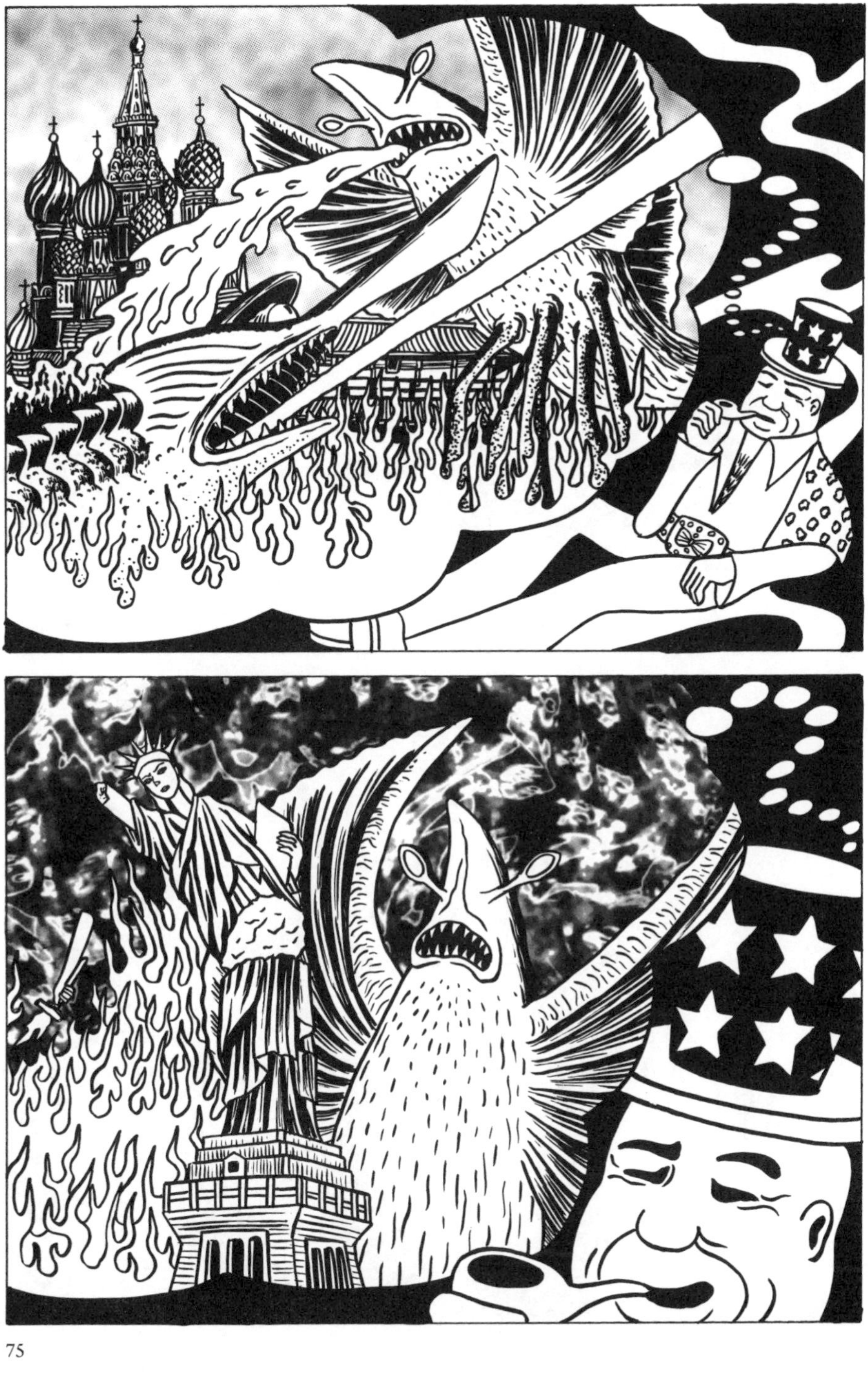

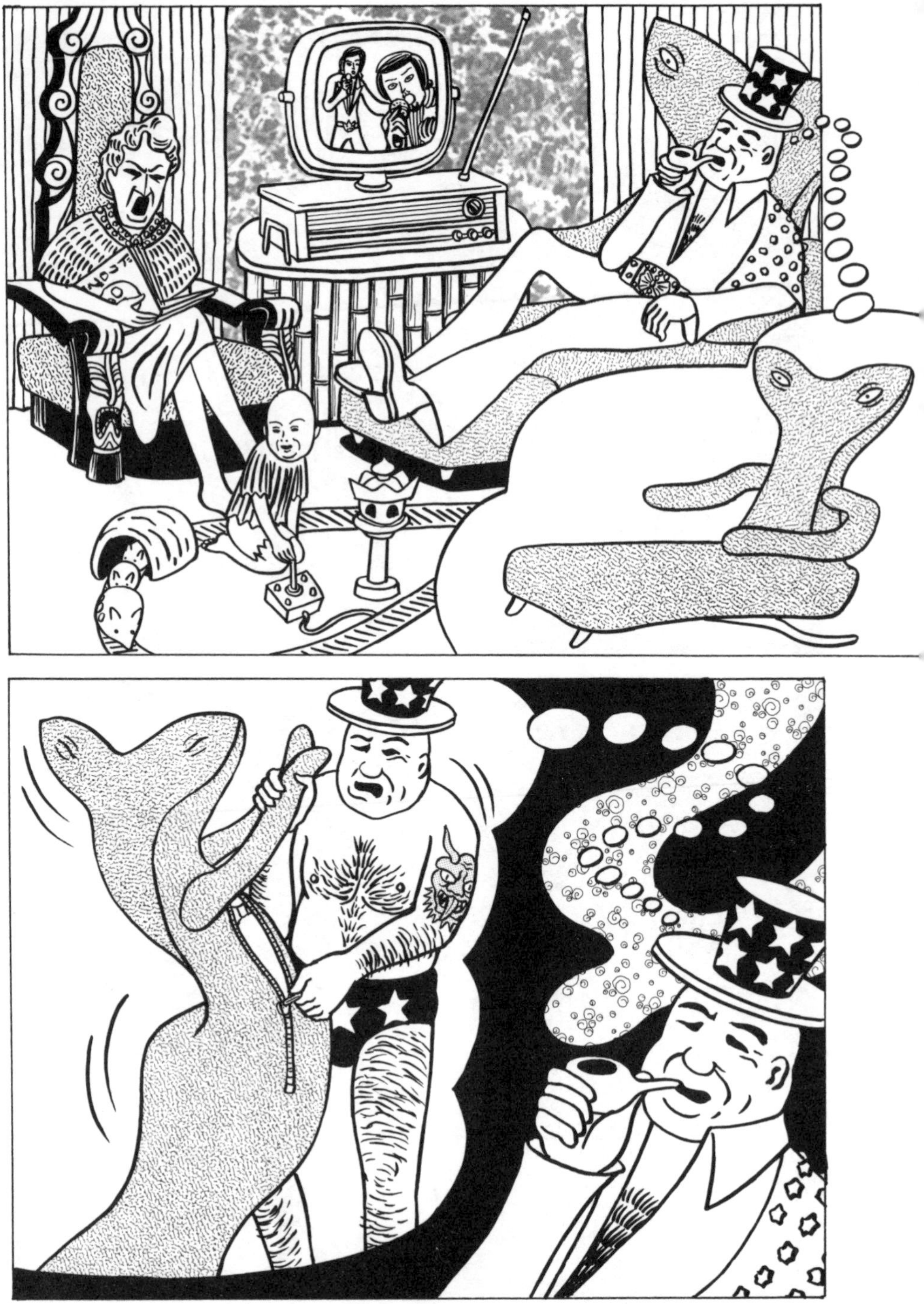

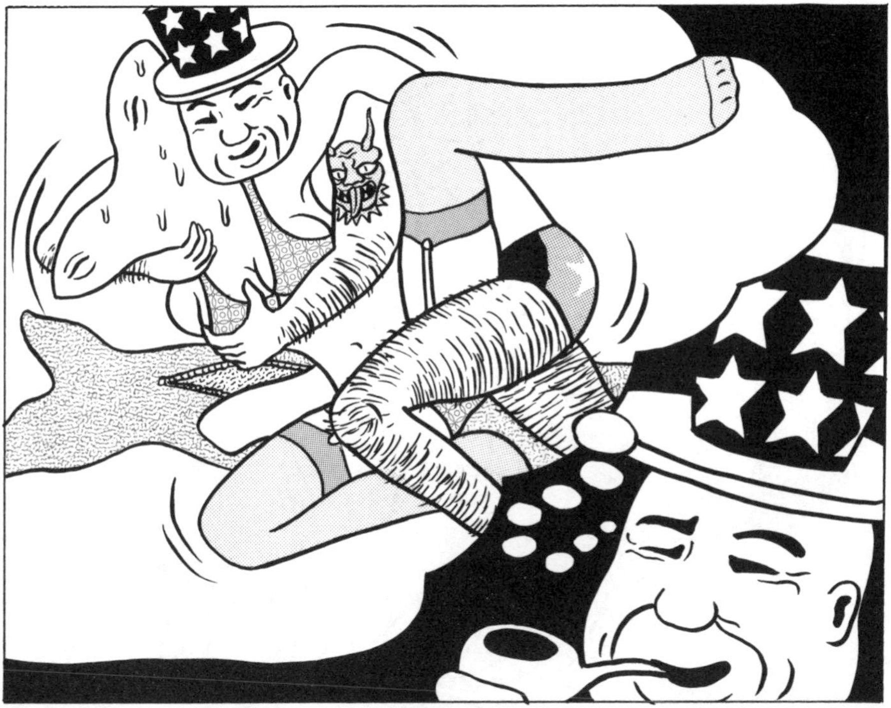

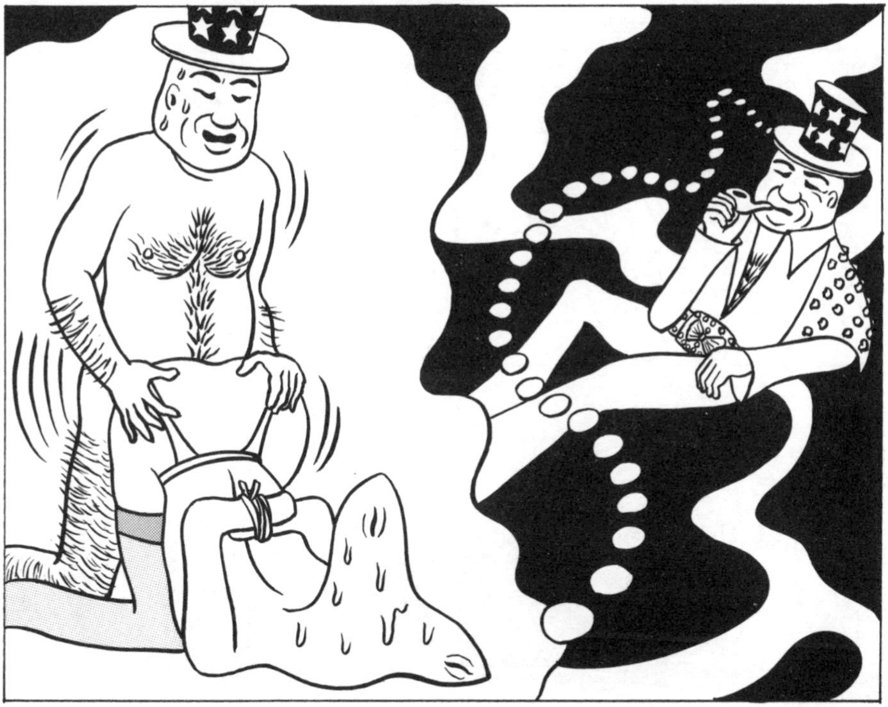

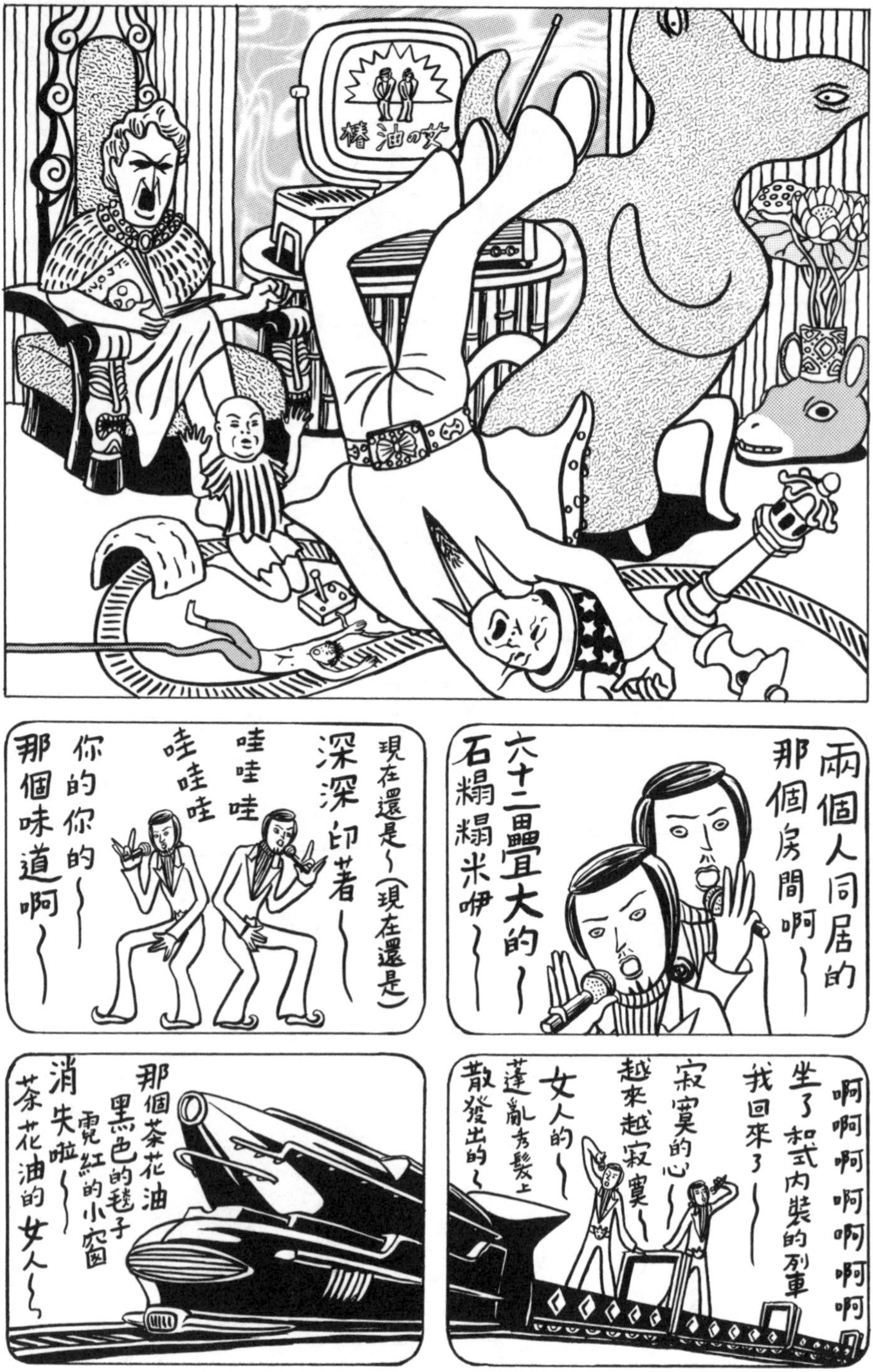
椿油の女
兩個人同居的
那個房間啊～
六十二疊大的～
石榻榻米咿～
現在還是～(現在還是)
深深印著～
哇哇哇
哇哇哇
你的你的～
那個味道啊～～
啊啊啊啊啊啊啊
坐了和式內裝的列車
我回來了～
寂寞的心～
越來越寂寞～
女人的～
蓬亂秀髮上
散發出的～
那個茶花油
黑色的毯子
霓紅的小窗
消失啦～
茶花油的女人～

秘密房間
唱歌・舞蹈
佳美・沙拉曼達——
嘿嘿嘿嘿
嘿嘿嘿嘿
嘿嘿嘿嘿
嘿嘿嘿嘿
秘密的房間
兩個人的房間——
PRETTY PINK SHOCKING ROOM
叫你別舔我的舌頭啦
叫你別舔我的腰
O.K COME ON—!
GoGoGo!
咗嗶嗶嗶
滋嗶嗶嗶
佐嗶嗶嗶
沙嗶嗶嗶
噹噹噹
噹噹噹
噠叭度!
嘣嘣!
oh!

烏賊煩悩

完

箱男

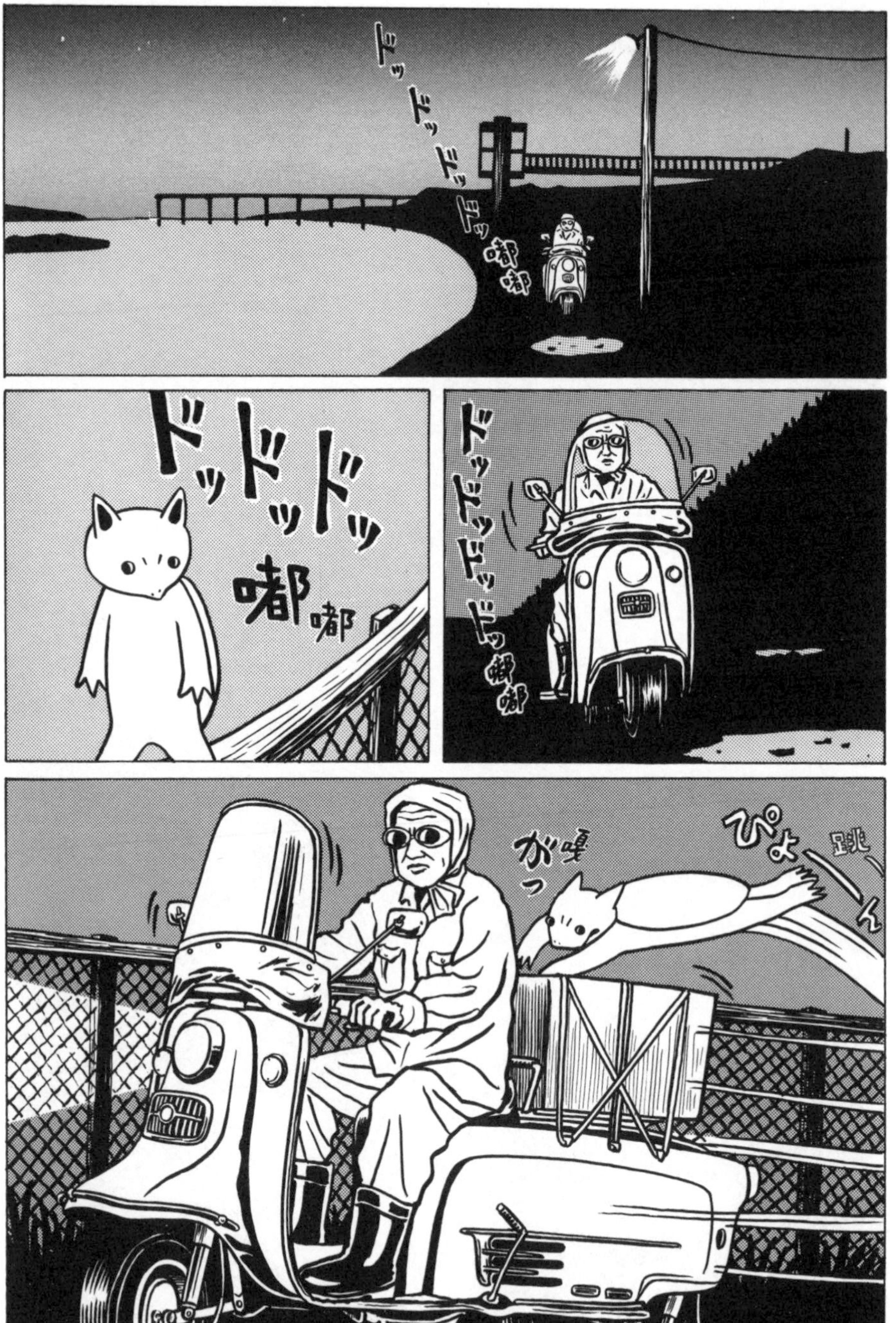
ドッドッドッドッ
嘟嘟
ドッドッドッドッ
嘟嘟
ドッドッドッ
嘟嘟
ぴょーん
跳
がっ
嘎

ドッドッドッ
嘟嘟
601

ドん
ゴボゴボ
汩汩
ゴポゴポ
汩汩
ぴょーーん
跳
ザパー
碰

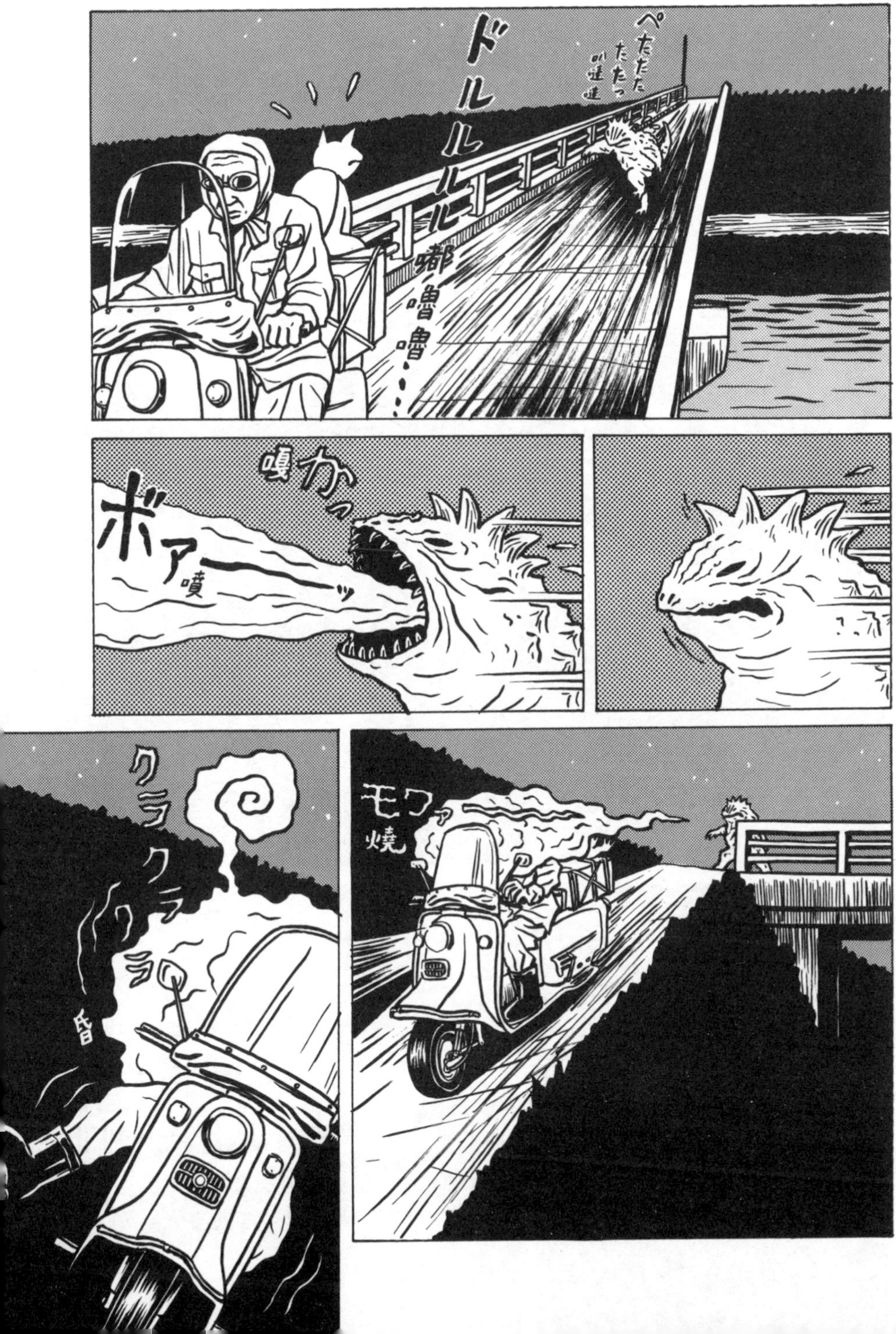
ぺたたた
たたたっ
ドルルルルル
嘟嚕嚕
嘎かっ
ボアーーッ
噴
クラクラクラ
昏
モワァ
燒

ぺたたたた踏踏

ガガ
嘎嘎
109
ボ
爆

NISSAN

再生車
格安
兩好球一壞球
全壘打預告
左門投手向
星捕手投出
第四球！
每一台都一樣
一台2萬円
揮棒落空
三振！
有的還能
跑喔
ポリ
ポリ
ドッドッドッ嘟

ドッドッドッドッ嘟嘟
ドッドッドッ嘟嘟
嘟嚕嚕…
ドルル…
ドルルルルルル…

ドルルルル都嚕嚕

查理士布朗臣公寓
布朗臣公寓
ドルルルルルルルル
嘟嚕嚕
耳鼻
皮膚性
百佳皮膚痔瘺
ドルルルルルルル
嘟嚕嚕

ゴゴゴゴゴ……
轟
黃
喉病

麻雀
TIGER
皮
ドルルルルルル
嘟嚕嚕嚕…

ドルルルル
嘟嚕嚕

ドルルル…
嘟嚕嚕…

嘟嘟
ドッドッドッドッ
新金髮型屋

ドルルル
嘟嚕嚕

ドルルルル……
嘟嚕嚕……

ドッドッドッドッ
嘟嘟
珠穆朗瑪
八八四八
診所

ドルルルルル
嘟嚕嚕。。。

ドッドッドッ
嘟嘟嘟

オオオオオオ轟轟
ドドッ嘟嘟
ドッドッ
ガガン哐
ゴゴン轟
ガガン哐

ゴ
ゴゴン

ドルルン…
ドルルルルル……
嘟嚕……
ドルル嘟嚕嚕

龍津路
CHUN ROAD
ドッドッドッ
嘟嘟
國際診所
痔瘺專科
三室
五樓
耳鼻喉
皮膚風濕

ドッドッ
嘟嘟

ドッドッ嘟嘟
珠穆朗瑪乾酪
漢保飽
麦當
ゴオオオオオオオ轟

嘟嘟
ドッドッ
ゴオオオオオ
轟嗡嗡
ドッドッ
嘟嘟
カクン喀
カクン喀

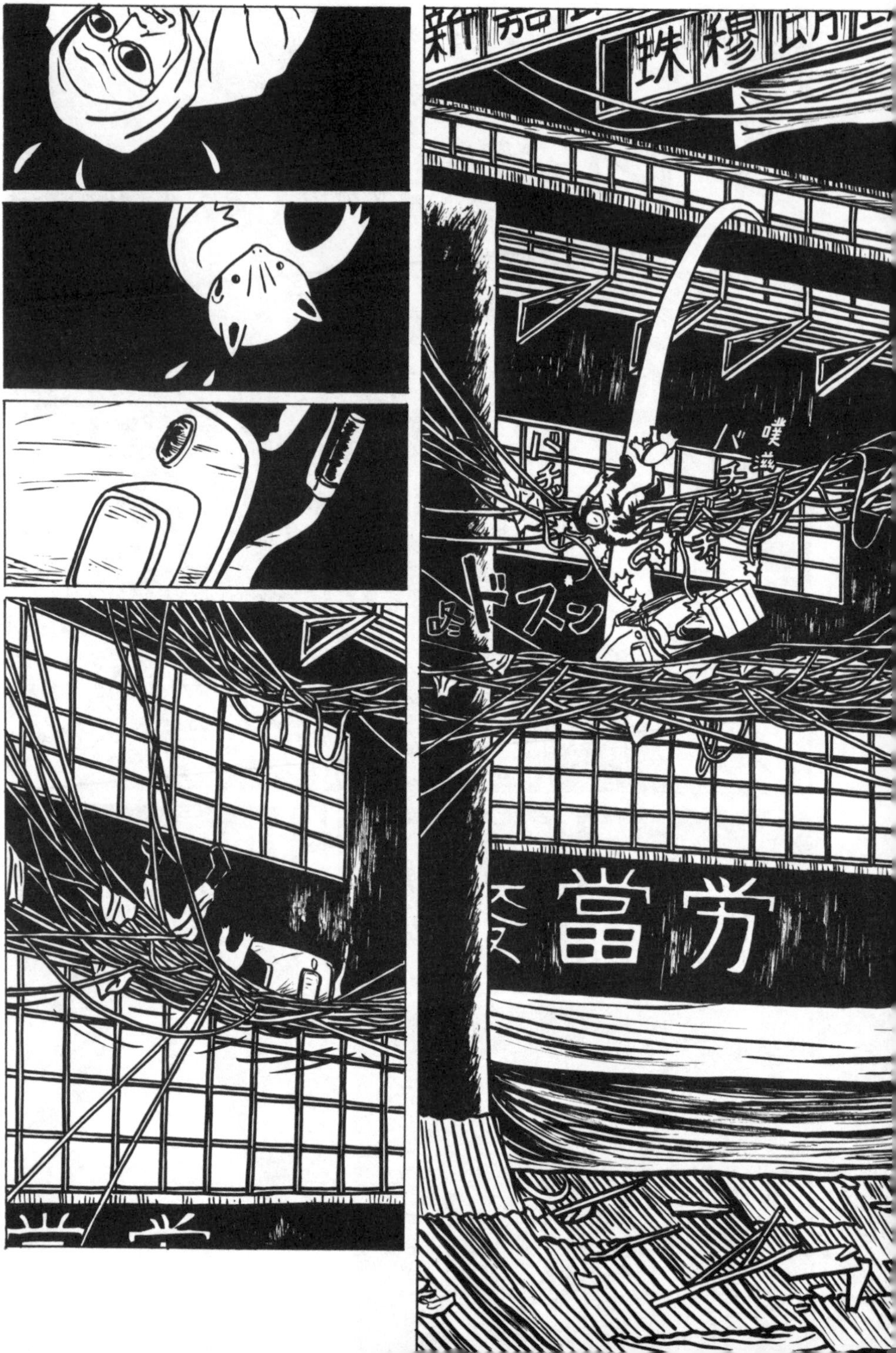
株穆
噗滋
ドスン
咚

ブチッ 噗滋
ブチッ 噗滋
ブチッ
ブチ
ブチッ
ブチッ
ブチッ 噗滋
クワッ 呱
噗滋
ブチ
ブチッ 噗滋
ストーーン 咚
ザッボ
ン

ゴオオオオオオ
嗊嗡嗡
ギギ嘰……
パカッ
打開
?
ギギギ嘰嘰……
ぶる
抖抖
ぶるぶる
抖
ギギギ嘰嘰……

呱——!!
ギギギ嘰嘰嘰….
ぐぐっ
咕咕

傢俬公司
衣飾
蘆薈
勿擅接水
飲用
市政總署
鹽焗蛋

くわっ
ささ沙
嘎がっ

臟躁邏卒
有職故実
有牌爛仔
ぶるんぶるんっ
ピんピリリリリ
搖搖
ピリ嗶嗶
臟躁邏
有
有牌

嗶嗶嗶嗶
嗶!
鸡巴蛋
狼狈不堪
賍款
黃色录像
ゴン
蠕動 ニュ
ギャギャ
嘰嘰嘰嘰
?
......嗶嗶!?
剪!
クワーッ
呱

ピリリ
嗶嗶
ぐぐっ
嗚
ピピピリリリリリリ……
嗶嗶嗶
不啊啊啊啊啊啊啊啊啊啊
傻头傻脑有牌
鸡巴蛋
狼狈不堪
コロコロ
滚滚

呱！
ダダダダ噠噠
海洛因
可卡因
闹鬼房子
ダダダダダ噠噠噠

噠噠ダダダダダダダダダダ
滋滋滋ヂヂヂヂ……
噠噠ダダダダダ
ボワァ——啵

スィ
嗖ッ

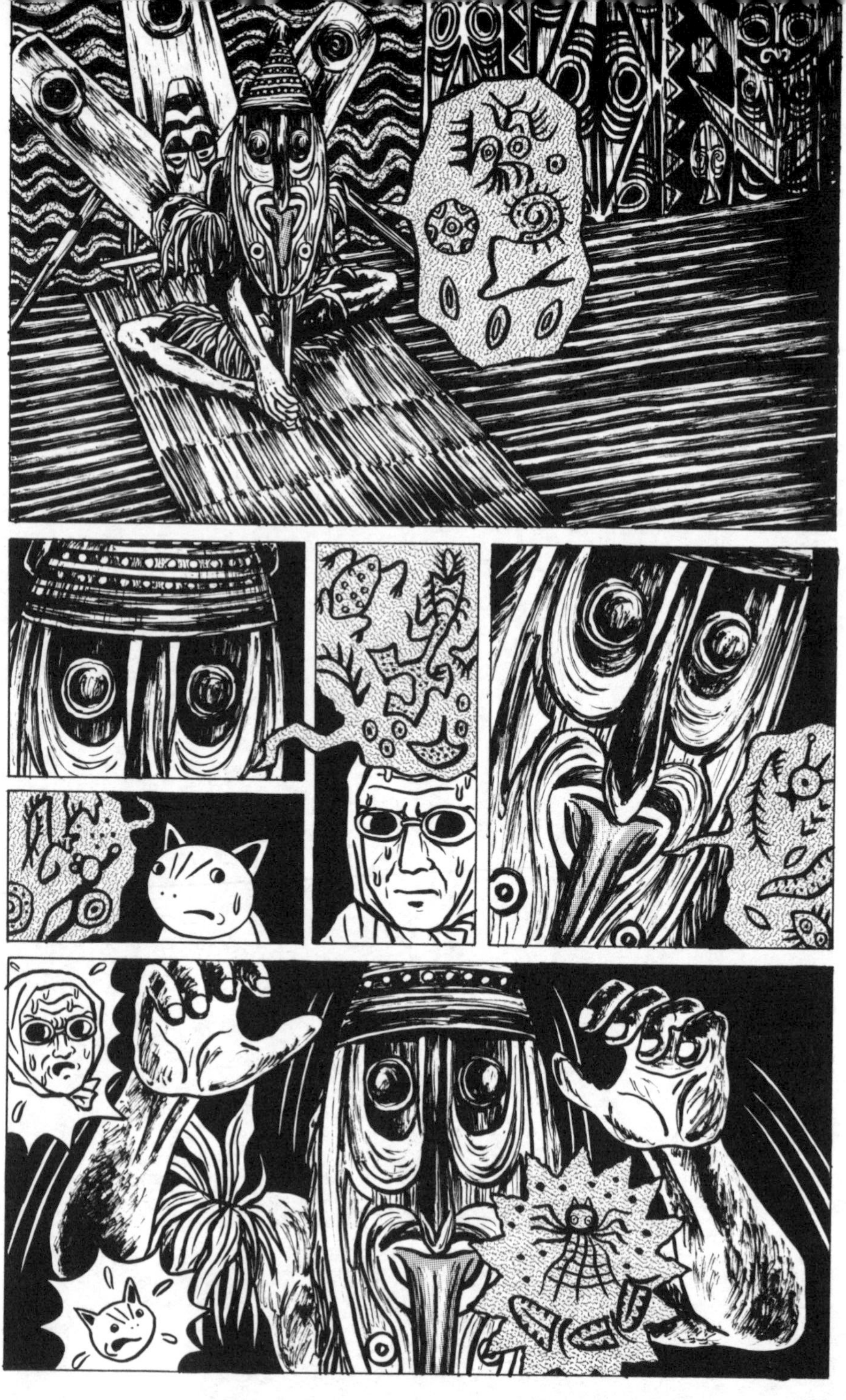

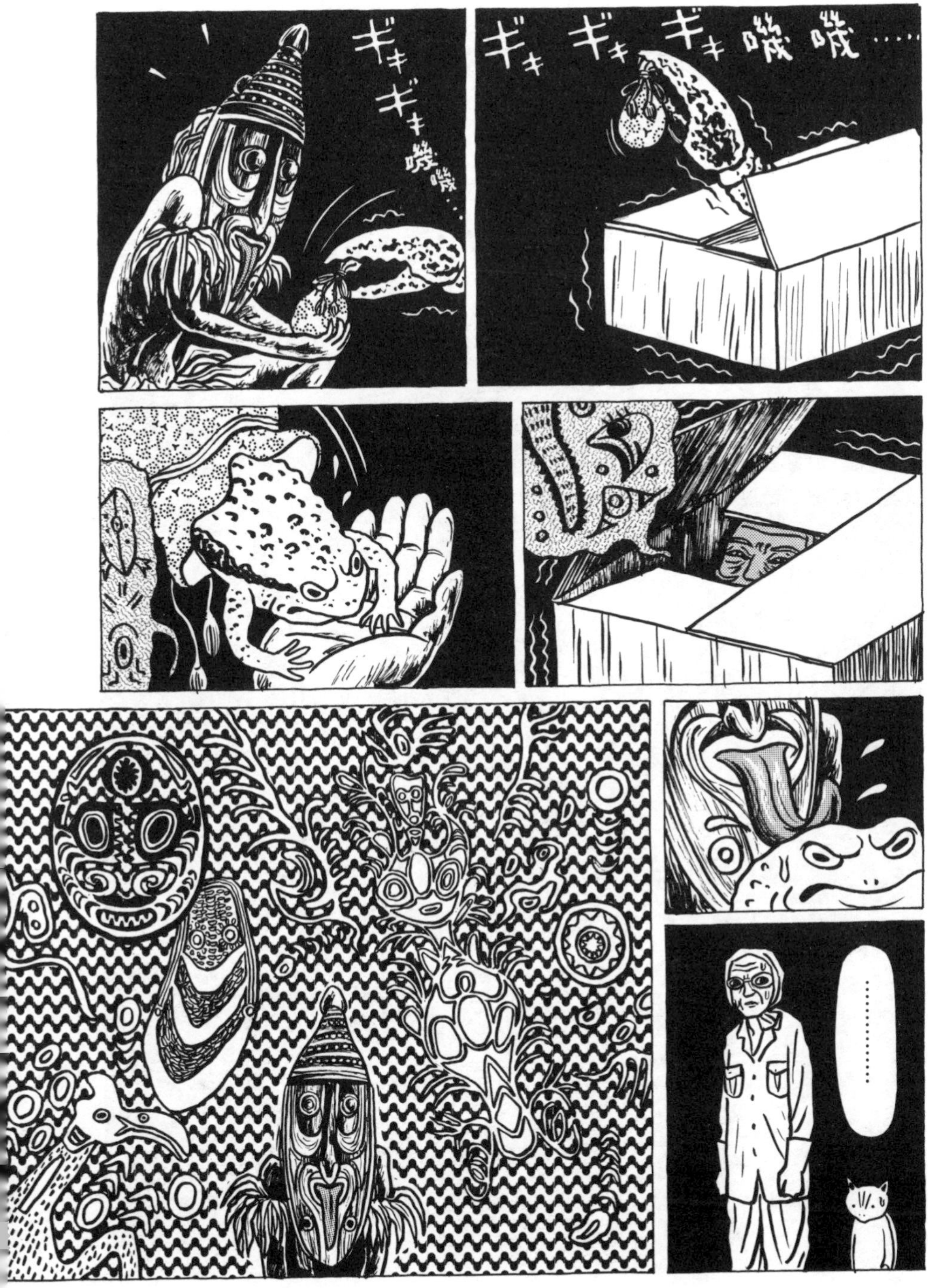
ギキギキ嘰嘰…
ギキギキギキ嘰嘰……
……

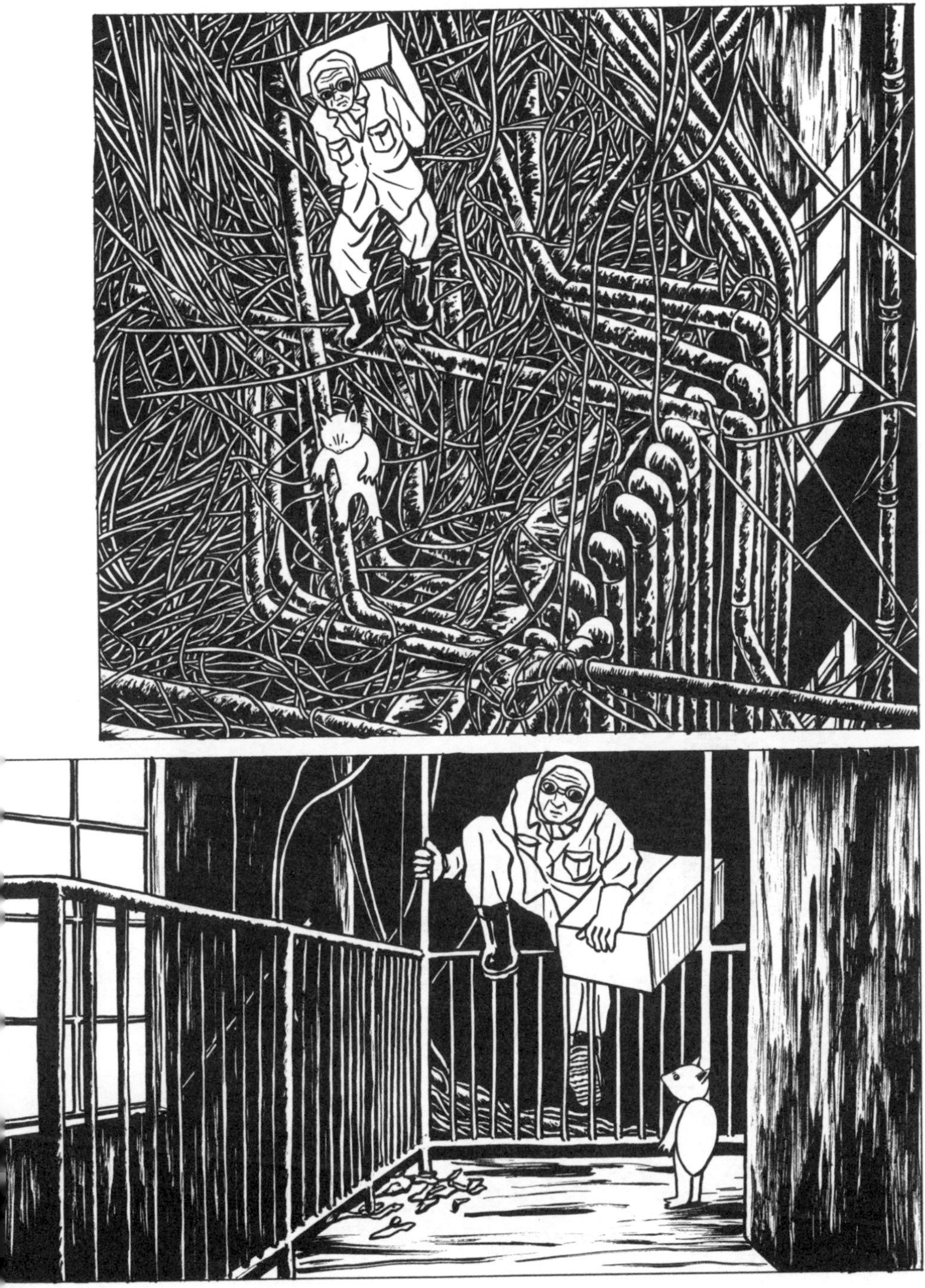

鼠竊狗偷

キャッ
キイ
キイ
キイ
キャッ
キャン
咭咭
キャッ
キャッ
キイ
キイ
咭咭

キィ
キィ
キィッ
MATRA
M530
キャッ
咭
ひぃぃぃぃぃ
嘻嘻嘻

ЧЕЛОВЕК–
ТОЛЬКО С ЧАСАМИ.
ЧАСЫ
ГУМ
呃ぎひい…
ぐびぐび咕嗚……

啾噗
じゅぶぶぶじゅぶぶぶに…

ぶじゅぶじゅぶじゅぶじゅ
噗啾

ひやあああああ
あああ
呀啊啊

欸嘻嘻
えひえひえひえっ
くっ
粘粘

うっはあァァァ〜
唔哈啊啊
ャラメル
カモメソース

ノォォォォォ……
NO喔喔喔

んんんんぬぬぬぬぬろ〜ん…
唔嗯嗯

おのれえええええ……
你啊好好

ほひいいいいい
呼呼呼

んむどぅ
あぐあ
嗚啊

EXACO
Fiestone
Ed BIGDADDY
ぴぴぴ…
抖抖

ピクピク
ピク

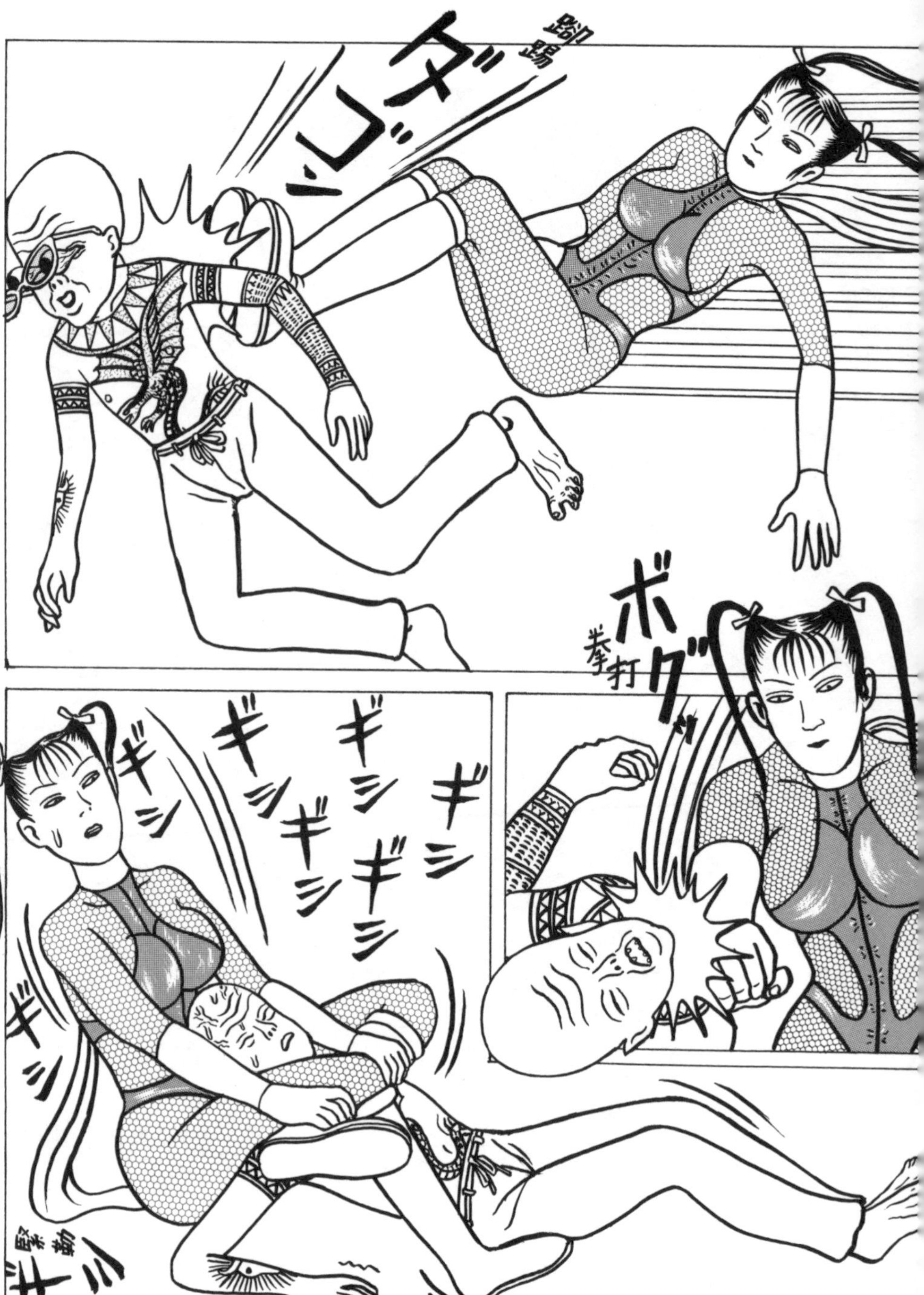
踹踢
ダゴン
拳打
ボグッ
ギシ
ギシ
ギシ
ギシ
ギシ
ギシ
ギシ
ギシ
緊勒
ギシ

用力推
グイグイ
グイグイ
グイグイ
グイグイ
ビキビキ
爆血管
踹踹
ダス
ダス！
ダス！
ダスダス！
ズガッ
摔

ゴオオ
嗡
オ
嗡
オオン
轉
バイン
バフッ
バフン
轉
ワッシュ!!
欻咻
メキメキ
絞碎
メキメキ
絞碎
バムッ
夾

メリメリ
メリメリ
嘎吱
メリ
嘎吱
嗚哇哇
クワァアアアアン
匡噹
ドガッシュ!!

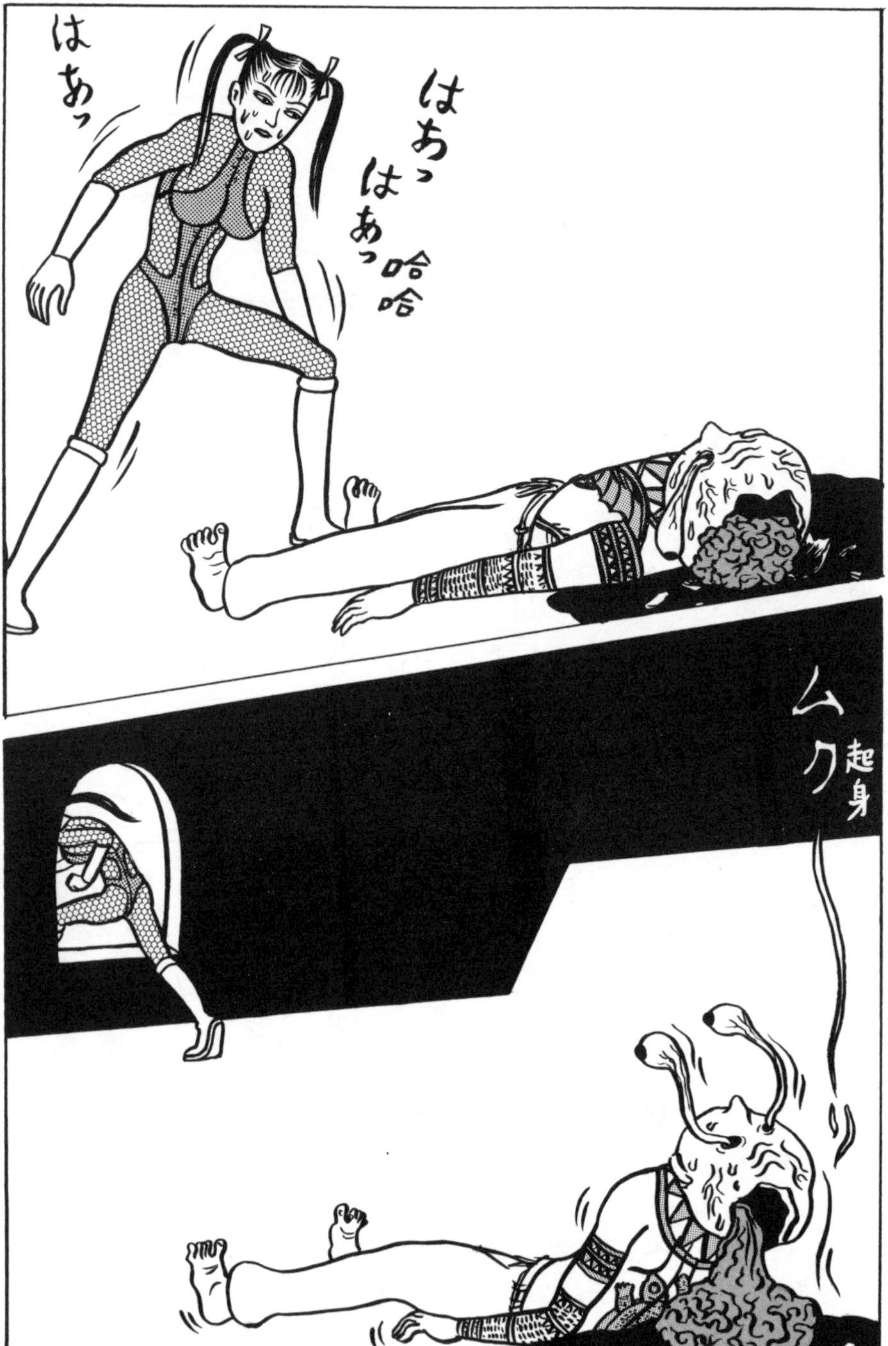
はあっ
はあっ
はあっ
哈哈
ムク
起身

羶風腥雨
王八蛋
太厉害
205
OP
8411

毒药

シャ沙
ジョバ
ジョバ
嘩啦
呱
シャ沙
キッキッ
嘰嘰
カ咔
カッカッ咔
ドロ
ドロ
ドロ黏
害腎鼠咬
カッ咔
ジョバ嘩啦

唯
ゴッゴッ
ドロ
黏黏
ポテ滴
ドロ
ポテ
啊
クァー
モゾ
モゾ
キゥキゥ
黏
ドロドロ
モゾモゾ
モゾ
モゾ
モゾ
蠕蠕
ケヒケヒ
嘿
ヒチヒチヒチ
嘻嘻
噗

カン
咔
劈啪
ヒキパキ
パキパキ
ヒキパキ
劈啪
モゾモゾ
蠕蠕
嘰嘰ギギギギ
ヒチヒチヒチ
嘻嘻
モゾ
蠕蠕
ケッケ
呵呵
く
コッコッ
嘿
グァ
噗滋ァ
ブ
ツ
呱啊
モキ
噴發
モキ
蠕蠕
モキ
モキ
コア
呱
モキ
モキ
蠕蠕

ヤ 啪
ミャキョム 吵咪
キビャッ 嘰
ゴガッ 嘎
ヒチャッ 叭
ケアッ 呵

ちゃっ
搧
批哩
ビュワ
ビュワ
批哩
ビャラ
ビャラ
ビャラ
批哩
ビャラ
ビャラ
ボキ
ボキ
ボキ
ボキ
ポキ
撥嘰
パキ
叭嘰
ピキ
ピキ
パキ
コハ
啪啦
パキ
ピキ
ビャラ
批啦
ビャラ
プッ
プッ

มหาเศรษฐี
แพง เสื้อ
เหนียว
เปรี้ยว
แปลก สะดือ
カラオケ การาโอเกะ
トルン!
トルルルル 嘟嚕嚕
ขโมย!!
トルルルル 嘟嚕嚕

!!
ドドド噠噠噠……
?
シャシャシャシャ
ドドドドドドドド
噠噠噠
沙沙 シャシャ

トルルル嘟嚕嚕嚕
ドドドドドド
トルル嘟嚕嚕
肌着
200
長袖
400
半袖
350

OCTOPUS
鼓油
响螺
トルルル

トルルルルルル
嘟嚕嚕
ヴァッシャーン
哇沙ー
ザザ
沙

トルルル
嘟嚕嚕

咕哇～～!!
咻——
ドドドドドドド噠
!
トルル嘟嚕嚕

牌檔
蛋炒飯
什錦麵
牛肉湯麵
凶悪犯人
似顔絵
咕哇一!!

トルルルルル嘟嚕嚕
啊——!
ガワ
嘎嗚
呃啊

パ
ゴガーッ
咕嘎
ズドーン
蹦
ブラタタタタ
噗答答
ウ
キュウ
カ
勒
ウ
咔啊

ウ嗚咿
警察
ババババ叭叭
ズドーッ
ズドーッ砰
ブチッ
啵
グエエエエー咕欸欸ー
シュルルルル
咻嚕嚕

ドドーーオオン咚
ドドドドドドド
嘟嘟嘟
ウー
嗚咿
バババ叭叭
嗚咿ウー

砰
ズドー！
プシャ
噗滋噗滋
噗
嗚咿

ウ
嗚咿
トルルルルルル
嘟嚕嚕

トルル嘟嚕
ウ
嗚咿
ババババ

善觀氣色術最帝
擇日合婚定時刻
燈籠仙大師
推算五星
精通命理識先機
王易卦準如神
知過去未來事
八字命理直判
試看便知
嗚
ウ
トルルル
嘟嚕嚕

ウ
嗚咿
トルルル
嘟嚕嚕
髮
發
此井水
飲用
バババババ

GEISHA
PACKED IN JAPAN
NOZAKI BROS & CO. LTD
YOKOHAMA
DISTRIBUTORS
SALMON
トルルルルルルル
嘟嚕嚕
SWALLOW
MANUFACTURED BY
SENBON ITSUTSUJI

GEISHA
BRAND
CHOICE
PINK
SALMON
ザバーバババ
ウ
嗚咿
沙叭叭
海產物鑵詰

北清商店

GEISHA BRAND
GEISHA
PACKED IN JAPAN
YOKOHAMA
PINK
CHOICE SALMON
SALMON
6DIAMOND BRAND
SWALLOW
ババババロハロハ
バリバリ
霹啪
バリ
霹啪

ウ
嗚
標 北 商
海產物罐詰
店製造
トルルルルル
嘟嚕嚕嚕

霹ドリ
バキベキ 霹啪啦
嗚哇ウー
バキバキ 霹哩啦
筋子粕漬
美味滋養廉價

パーン
バリッ
霹啪
粥
小童剪髮
ストロング
ヒットEP
EP
モンキーレンチ

ยาแผ่นตราเสือ11ตัว
(สำหรับดองเหล้า)
十一虎浸酒薬餅
สรรพคุณ
五打庄 บรรจุ 5โหล
TIGER'S HEAD
파라마운트
The WASP WOMAN

醬油
TRADE MARK
立止一切疼痛
止痛散
南國
德國柏林大學醫學博士鄭肅恭製
とんかつソース

トルルルルルルル
嘟嚕嚕

ウー
嗚咿
ババババババ
叭叭叭
清酒
男
酒造

バイイイー
叭
碰

トルルルル
ルルル
嘟嚕嚕
グシャッ
啪擦

パ
パ
砰ッ
砰ッ

トルルルル
嘟嚕嚕
香水浴茉莉花香
一時間 五百円
ジャスミンの香り

トルル
嘟嚕嚕
トルル
嘟嚕嚕

MITSUWA
CIDAR
ミツワサイダー
トルル嘟嚕…

トルル
嘟嚕嚕

トルル
嘟嚕嚕

トルル嘟嚕…
トルルルル嘟嚕嚕

真実一路
HAWAII

御意見無用
ビュルルルルンンン
跳

父親……
ニュ
彈出

嘎掐
嘎掐
ガチャ
ガチャ
ガチャ
ガチャ

你把下半身改造成螃蟹風以後，完完全全是風流快活人哪
嘎掐
ガチャ
ガチャ
我已經不能再陪著你了你就在這兒生活吧
ガチャ
カチャ

這裡是風流者
的大海

你很快就會
交到朋友的

トルル
嘟嚕—
那麼保重哪
あっはっはっ
哈哈哈
ガチャ
嘎掐
ガチャ ガチャ
ブク ブク ブク

ガチャ
ガチャ
嘎掐

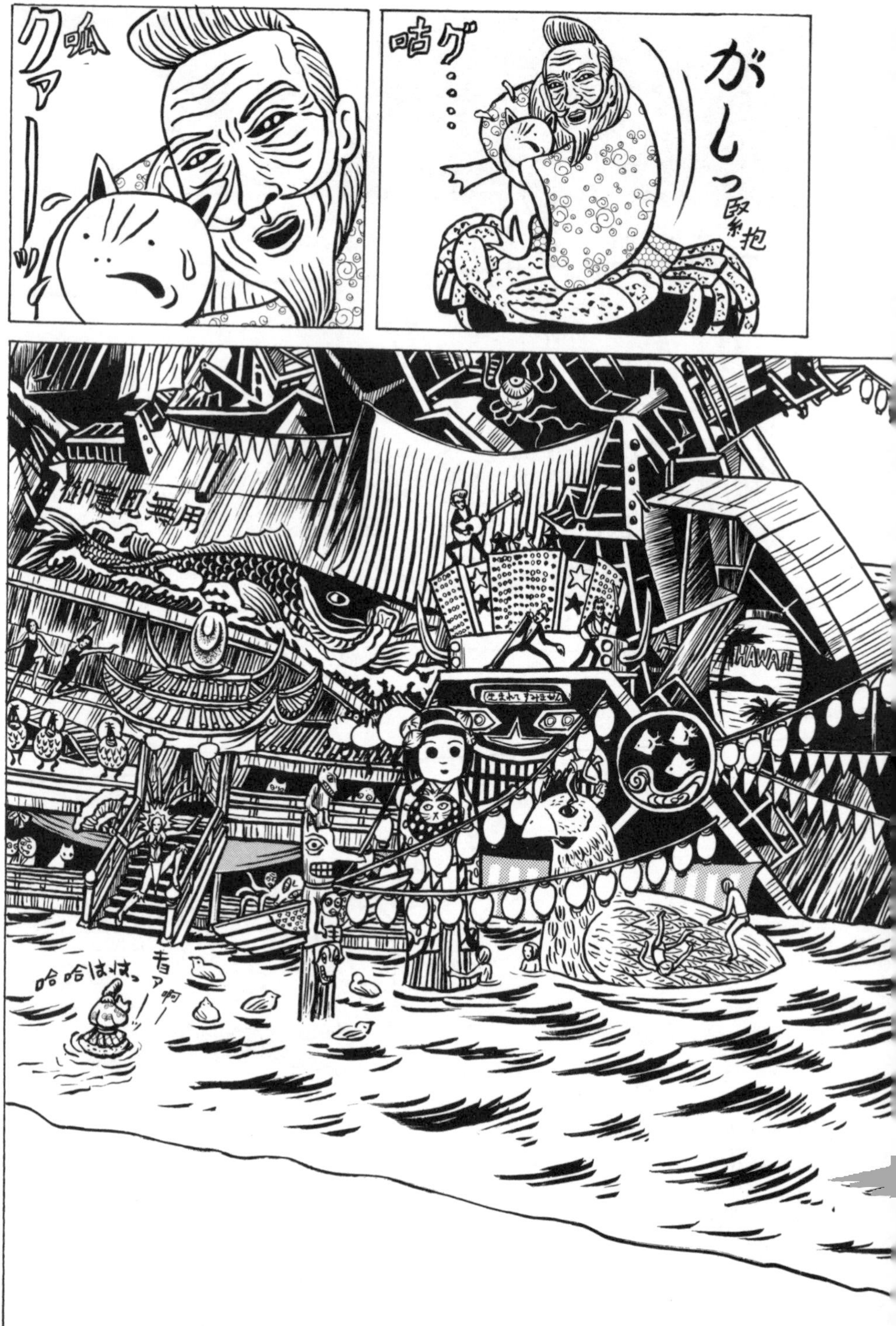

完

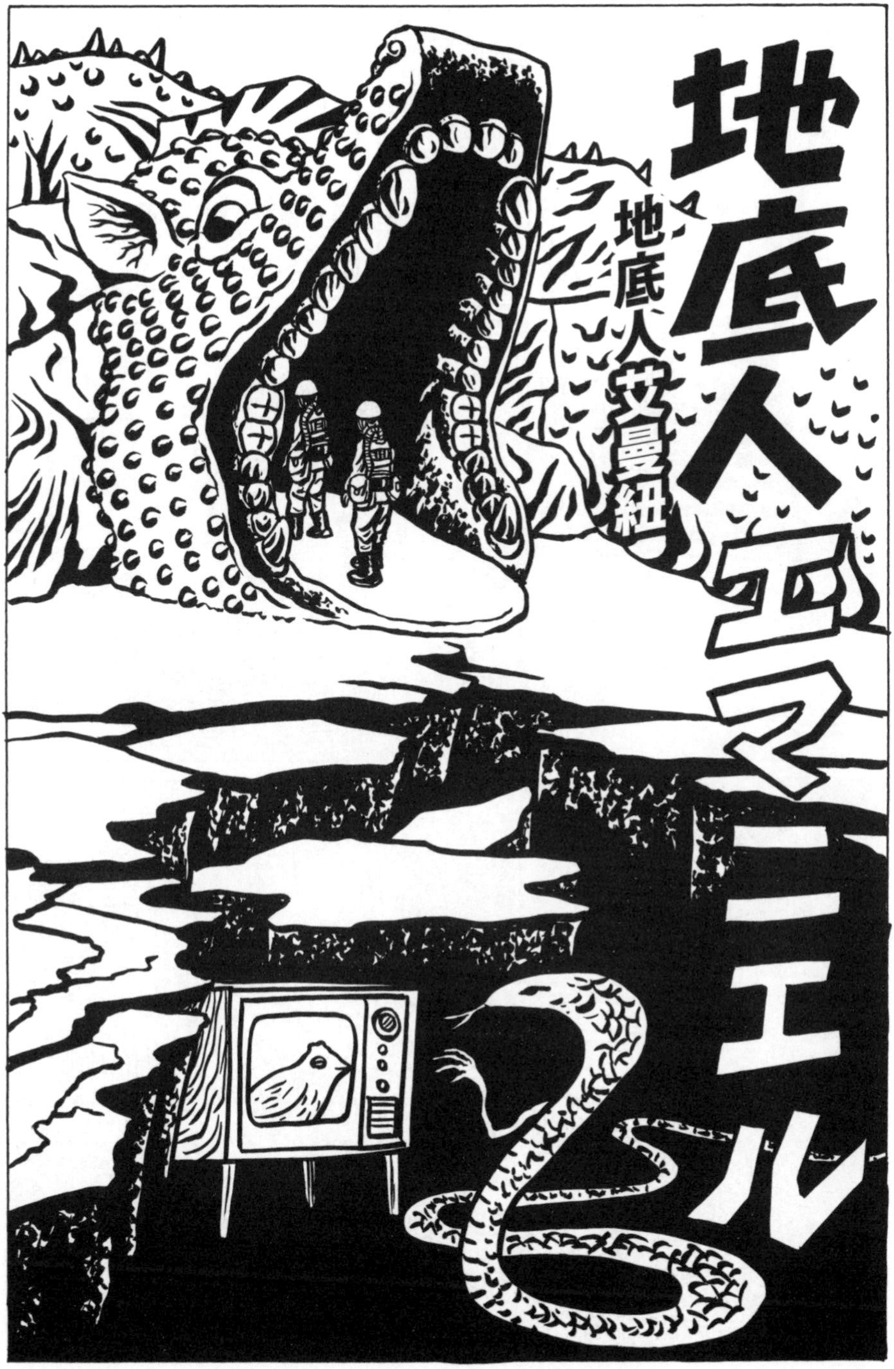
地底人エマニエル
地底人艾曼紐

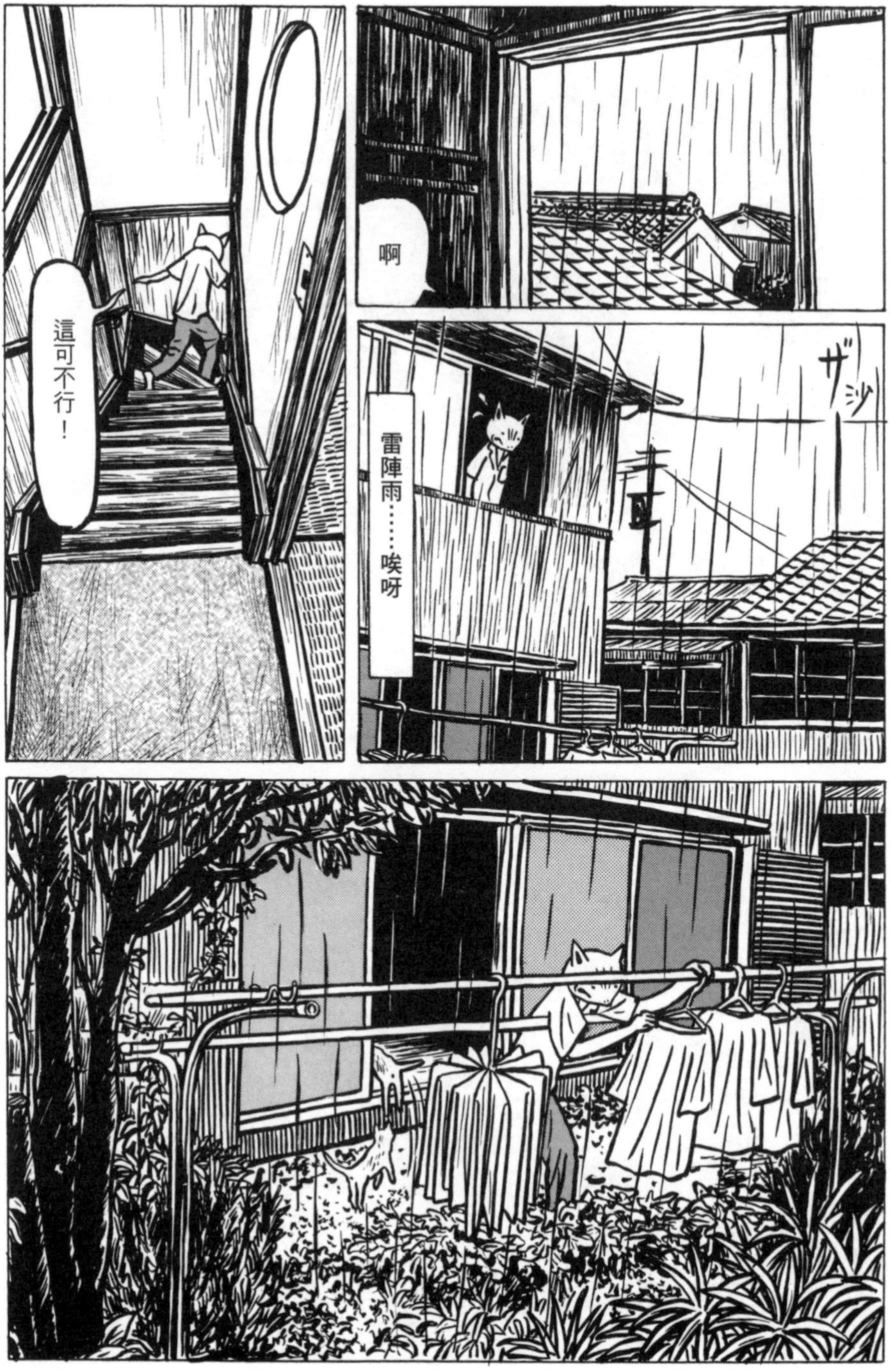
啊
ザ 沙
雷陣雨……唉呀
這可不行！

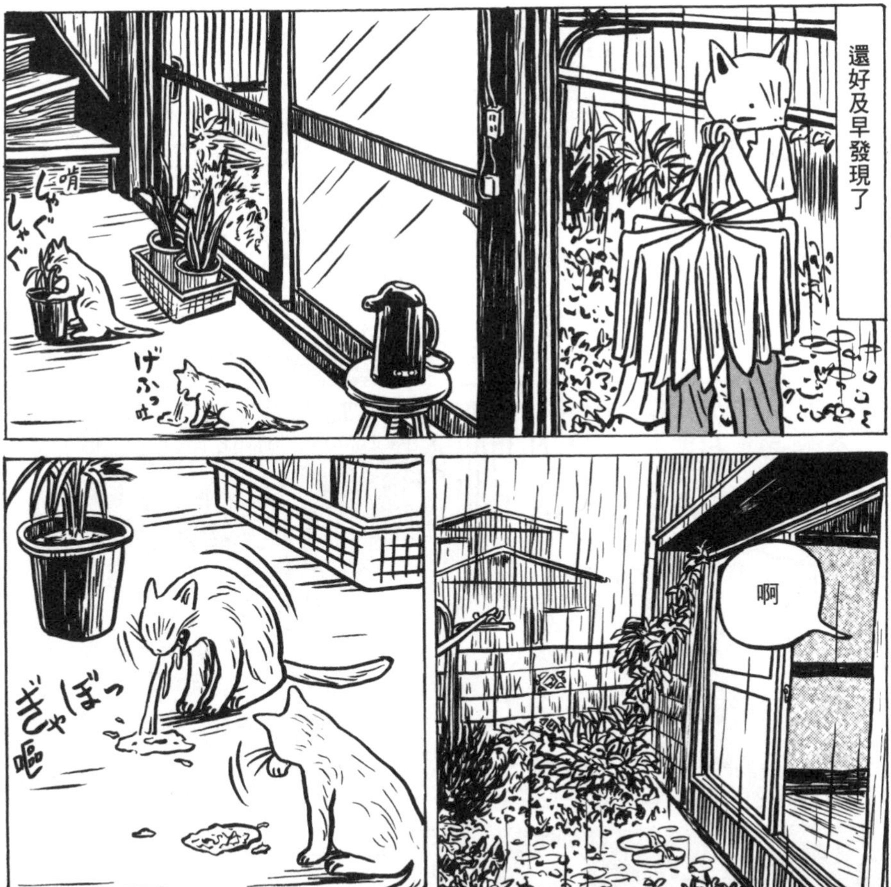
還好及早發現了
啃
しゃぐしゃぐ
げふっ
吐
啊
ぎゃぼっ
嘔
沙沙——

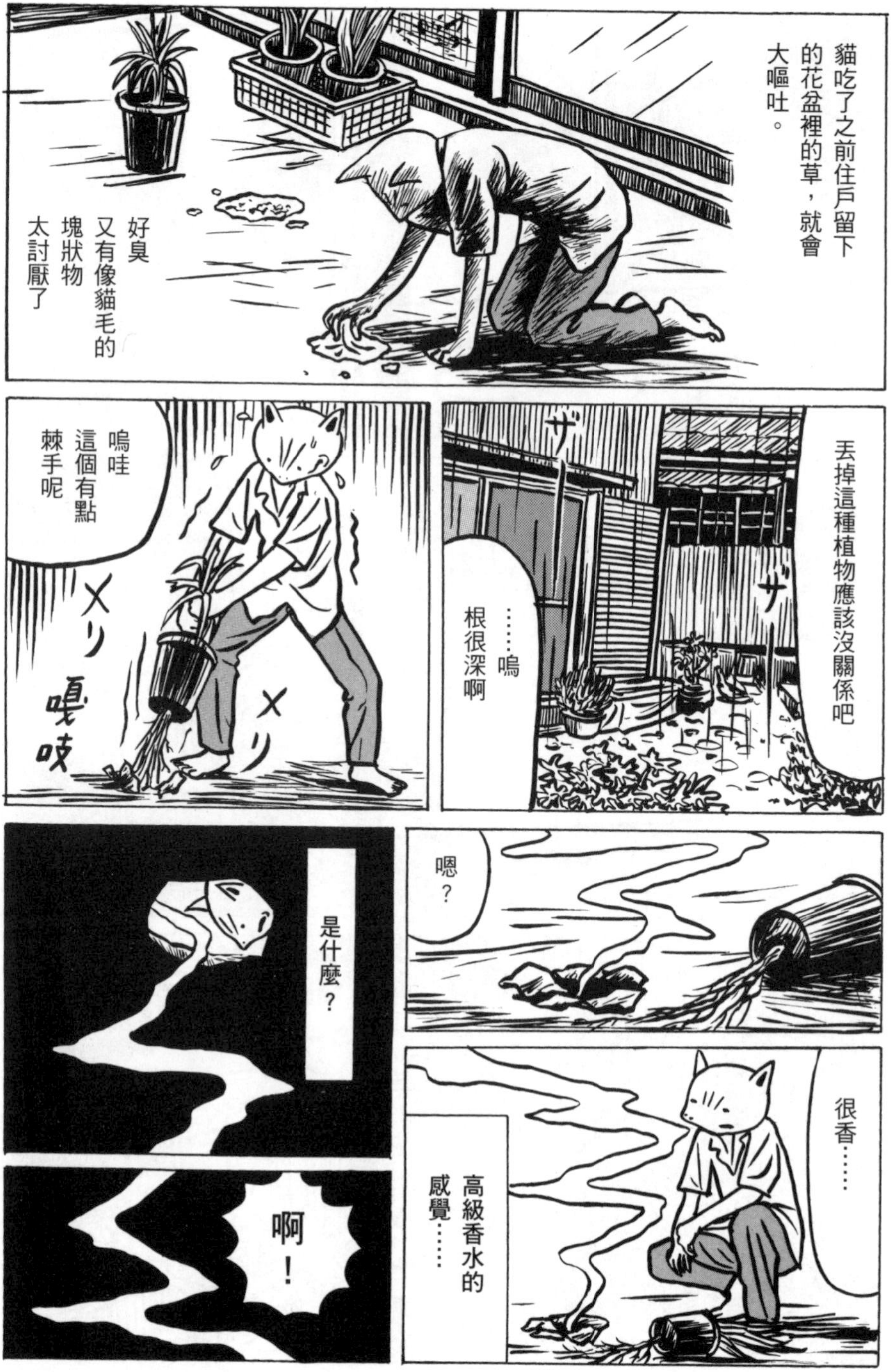
貓吃了之前住戶留下的花盆裡的草，就會大嘔吐。
好臭 又有像貓毛的塊狀物 太討厭了
丟掉這種植物應該沒關係吧
ザ
ザ
……嗚 根很深啊
嗚哇 這個有點棘手呢
メリ
嘎吱
メリ
嗯？
是什麼？
很香……
高級香水的感覺……
啊！

艾曼紐夫人！
だだたたたたっ
噠噠噠
事情嚴重了！
艾曼紐……
附近的公貓們一年到頭都在發情
可能是那位夫人的影響
妻子在兩天不眠不休，一心一意的大掃除結束以後馬上進入了爆睡狀態
キリキリキリ
呼呼呼
……我也有色心決定艾曼紐問題就自己來解決
這股費洛蒙
好強烈

欸你啊
可以幫我賣漬物嗎？
蛤？
石燈籠裡面的醃黃瓜啦
在超市應該能賣10萬円喔
只能服從了吧
這股費洛蒙……於是
是這個嗎？
ゴゴ…
沉重
說給我3千圓當跑腿的報酬
發出淡淡的香水味
一部分的受眾會買單
嗯……
味道和口感很好

隔了半年充飽了電池，太好了
ぐっ
接下來是加油了。
好重……
你要趕快 關店是7點喔
ドントト トットコ ドットコ
嘟嘟
噹噹
ダムダムダムダムダムダムダムダム
請幫我加三百円就好

キョキョ キョキョキョ
喀喀喀
スキョ
喀喀
キョキョ
スキョ
キョキョ
喀喀
キョキョ キョ……
パン
碰
呱
火星塞嗎？
黑漆漆的
タムタムタムタムタム噹噹噹
ドッドットットコ
嘟嘟
ドットコドトン
嗯……
有沒有備品啊

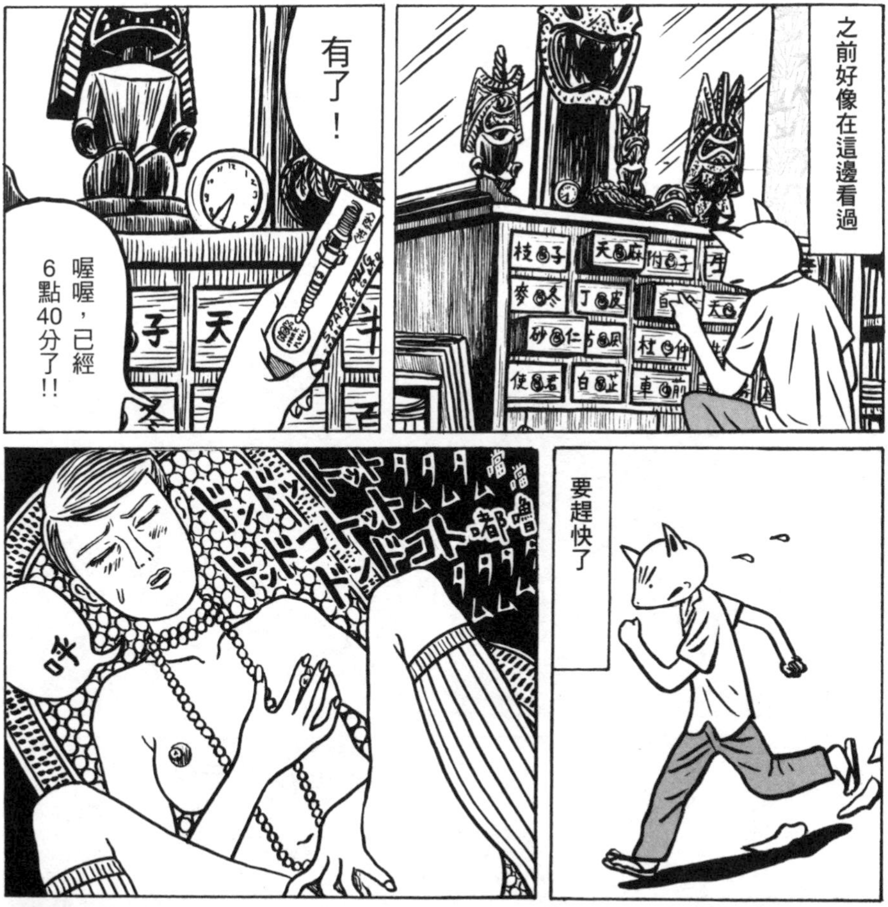
之前好像在這邊看過
有了！
喔喔，6點40分了!!
要趕快了
呼
可以了！
嘟嚕嚕
ダドルルルルル

ダルドルルルル 嘟嘟
噢~嗯~
ドットトドットコ 嘟嘟
ドットコ スコトト タタタタ タタタタ 噹噹
叮鈴デレデレデンドコドロロン
ドントコストトト 嘟
ドゥルル 嘟嚕ー

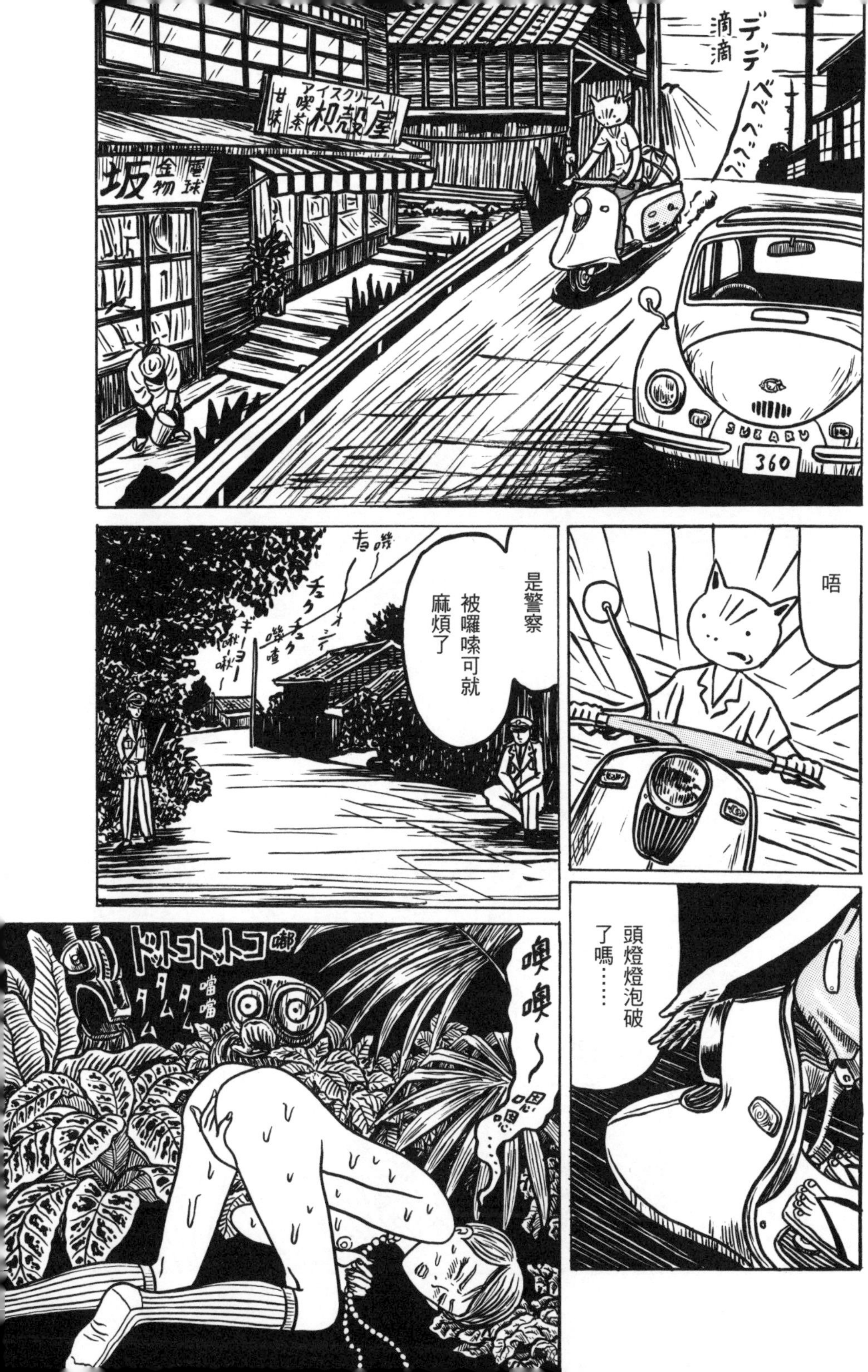

デデベベベベベ
滴滴
アイスクリーム
喫茶
甘味
枳殻屋
電球
金物
坂
SUBARU
360
唔
是警察
被囉嗦可就麻煩了
チクチク
嘰喳
キーヨー
啾啾
頭燈燈泡破了嗎……
噢噢〜
嗯嗯
ドットコトットコ
嘟
タムタム
噹噹

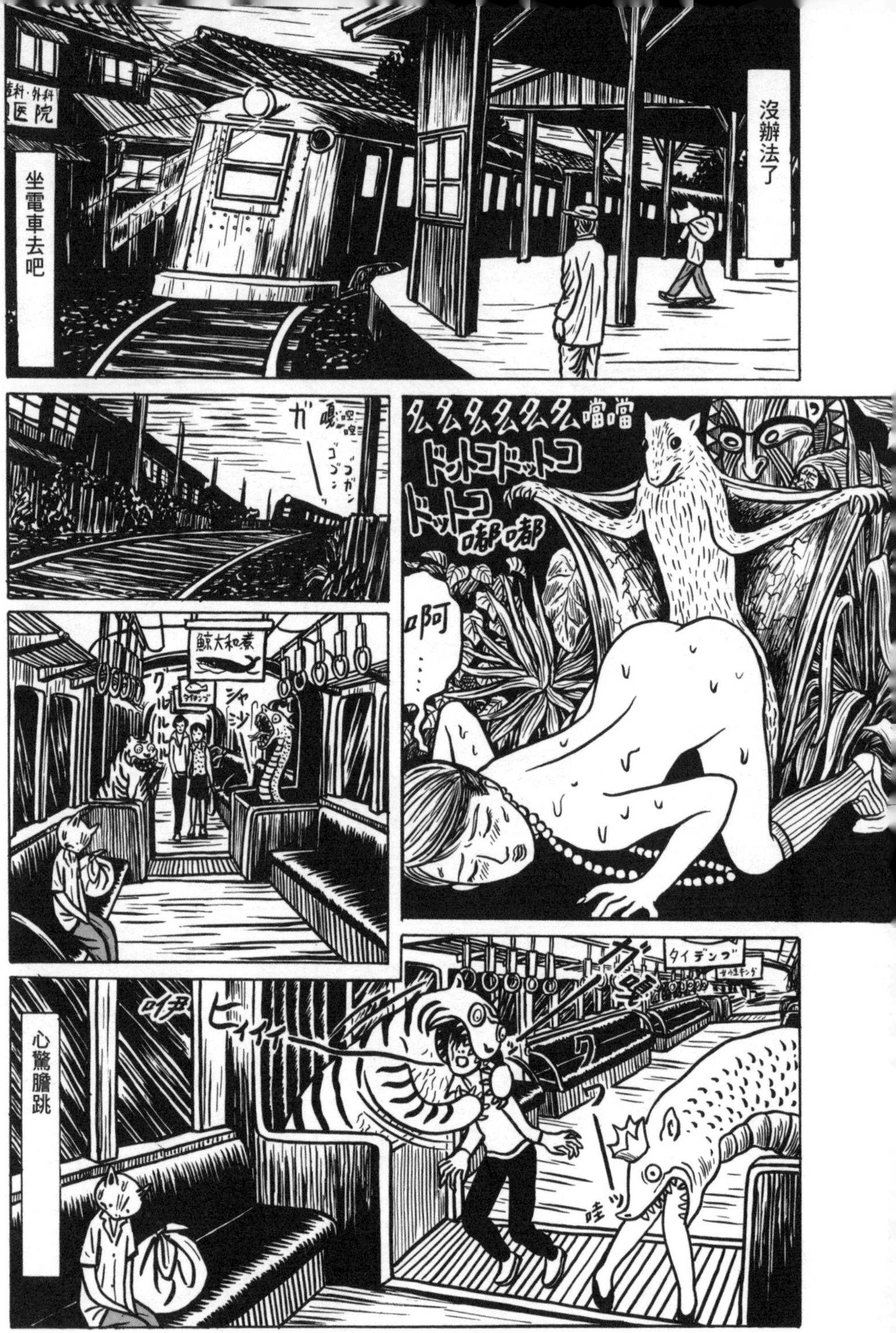
沒辦法了
坐電車去吧
タムタムタムタムタムタム噹噹
ドットコドットコ
ドットコ嘟嘟
呵……
嘎 ガー…ッ
啌啌
ゴブガンゴン
鯨大和煮
タイデンブ
グルルル
シャシ
タイデンブ
咿 ヒイイイ
ワッ
哇ッ
心驚膽跳

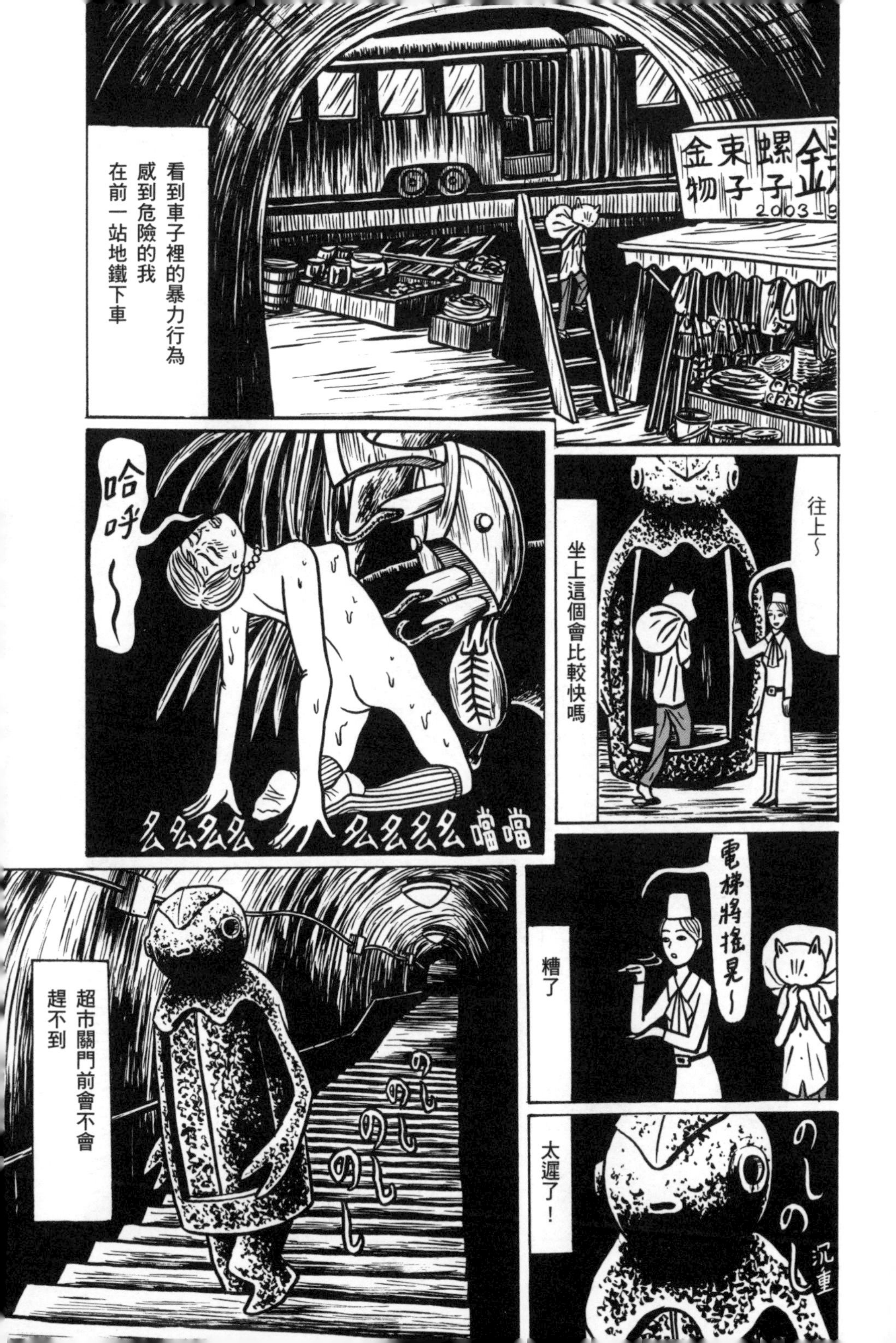
看到車子裡的暴力行為
感到危險的我
在前一站地鐵下車
金物
束子
螺子
2003-9
往上~
坐上這個會比較快嗎
哈呼~
幺幺幺幺
幺幺幺幺噹噹
電梯將搖晃~
糟了
超市關門前會不會
趕不到
のし
のし
のし
のし
太遲了!
のしのし
沉重

ちどりや
スーパーマーケット ちどりや
喔喔是這裡
還好是6點55分！
好險來得及!!
トコストスコトト 幺幺幺幺
嘟嘟 幺幺幺幺 幺幺嘡嘡
喔！
啊！
什麼!?
特売
門關著
是怎麼了？
從後門進去看看

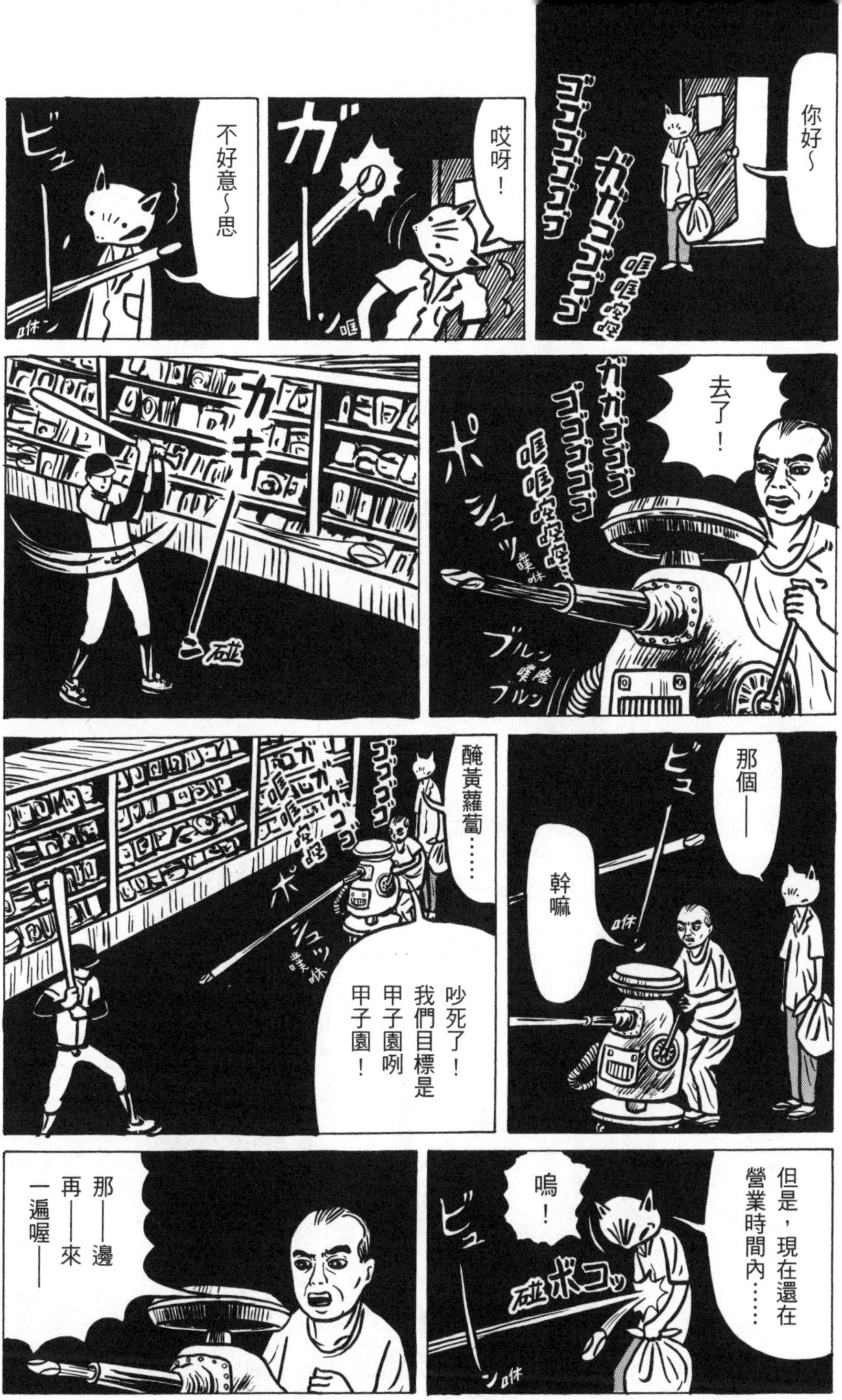
你好～
ガガゴゴゴゴゴ
ゴゴゴゴゴゴゴ
哐哐空空
哎呀！
ガ
哐
ビュ
不好意～思
咻
去了！
ガガゴゴゴ
ゴゴゴゴゴ
哐哐空空空…
ポシュッ
噗咻
ブルン
噗隆
ブルン
カキ
碰
那個——
ビュ
幹嘛
咻
醃黃蘿蔔……
ゴゴゴゴ
ガガゴゴ
哐哐空空
ポシュッ
噗咻
吵死了！
我們目標是
甲子園咧
甲子園！
但是，現在還在
營業時間內……
嗚！
ビュ
碰ボコッ
咻
那——邊
再——來
一遍喔——

醃黃蘿蔔……
嗚
碰ボコッ
呃……
ガ
哐
給我差不多一點！
噗ポ
咻シュッ
這是艾曼紐的高級醃蘿蔔！
我收下10萬円了，走嘍

奇怪了
好像迷路了
啊
是血！

我好像殺了人的樣子。
糟了，是警察！
他手上握的鐵環證明了這一點
而且發出暗紅色的光
是疑惑的顏色
我會被逮捕！
WC
啊呀！

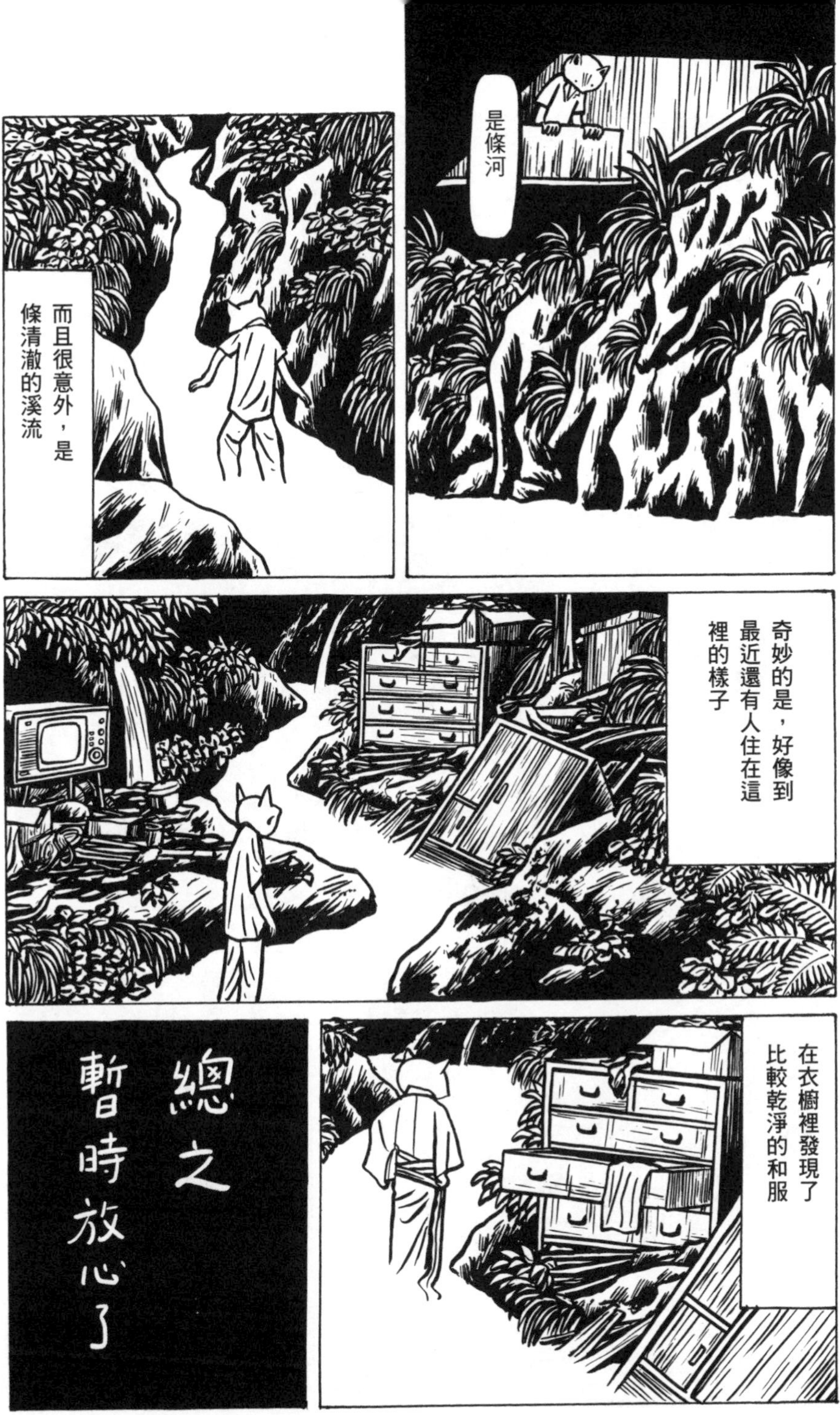

是條河
而且很意外，是條清澈的溪流
奇妙的是，好像到最近還有人住在這裡的樣子
在衣櫥裡發現了比較乾淨的和服
總之暫時放心了

那麼
一放心以後
肚子就餓了
ラーメン
豪腕投手
ラーメン
食堂 本塁打
ホームラン ビール
投手割引き
不過都是棒球熱愛者會來的店……
盗塁王
究竟？
袖子裡好像有什麼東西……
壓扁了的波蘿麵包啊
好像過期很久了
哇！這不能吃。
總之趕快回去吧
坐計程車也行啦，反正身上有錢
タクシーのりば
計程車乘車站

嘿
ブルルルルル
噗嚕嚕
原來如此
パカー
啪咔
從這個洞伸手叫車嗎？
GERORORORO
呀—
這可不行！
好像有暴走族的車混進來了
坐電車回去吧
咦？

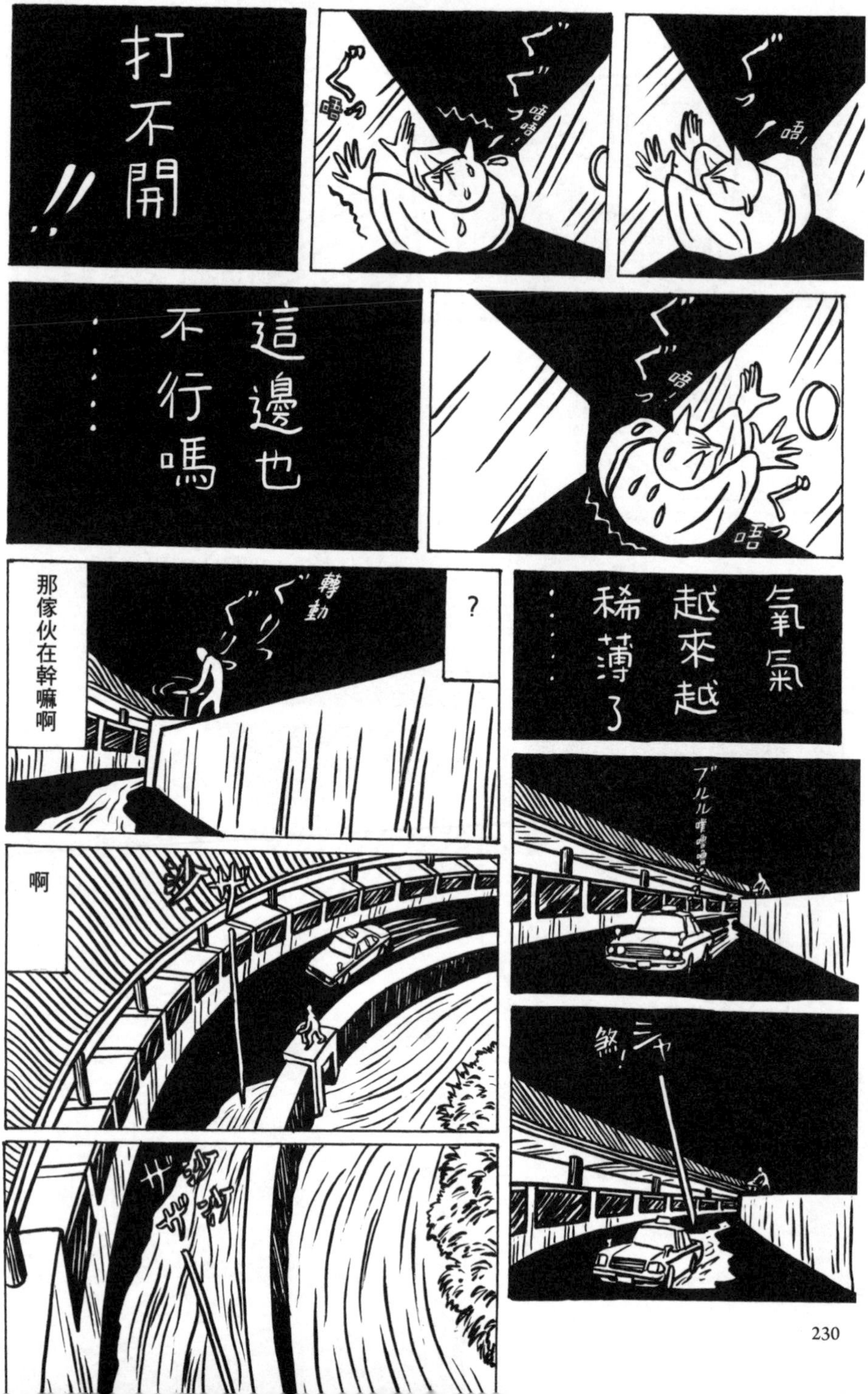
ぐっ
唔!
ぐぐっ
唔唔!
ぐっ
唔
打不開!!
ぐぐっ
唔!
ぐっ
唔
這邊也不行嗎……
氧氣越來越稀薄了……
?
轉動
那傢伙在幹嘛啊
ブルル
啊
シャ
煞!

嗯——……
咔搭
カチッ
チャッ
チャッ
滴答
已經這時間了嗎……
是不是去了超商啊
如果能幫我買巧克力什麼的就好了
啊呀？
這個洞是什麼？
啊嗚嗚
嗯嗯

是誰在發情的聲音

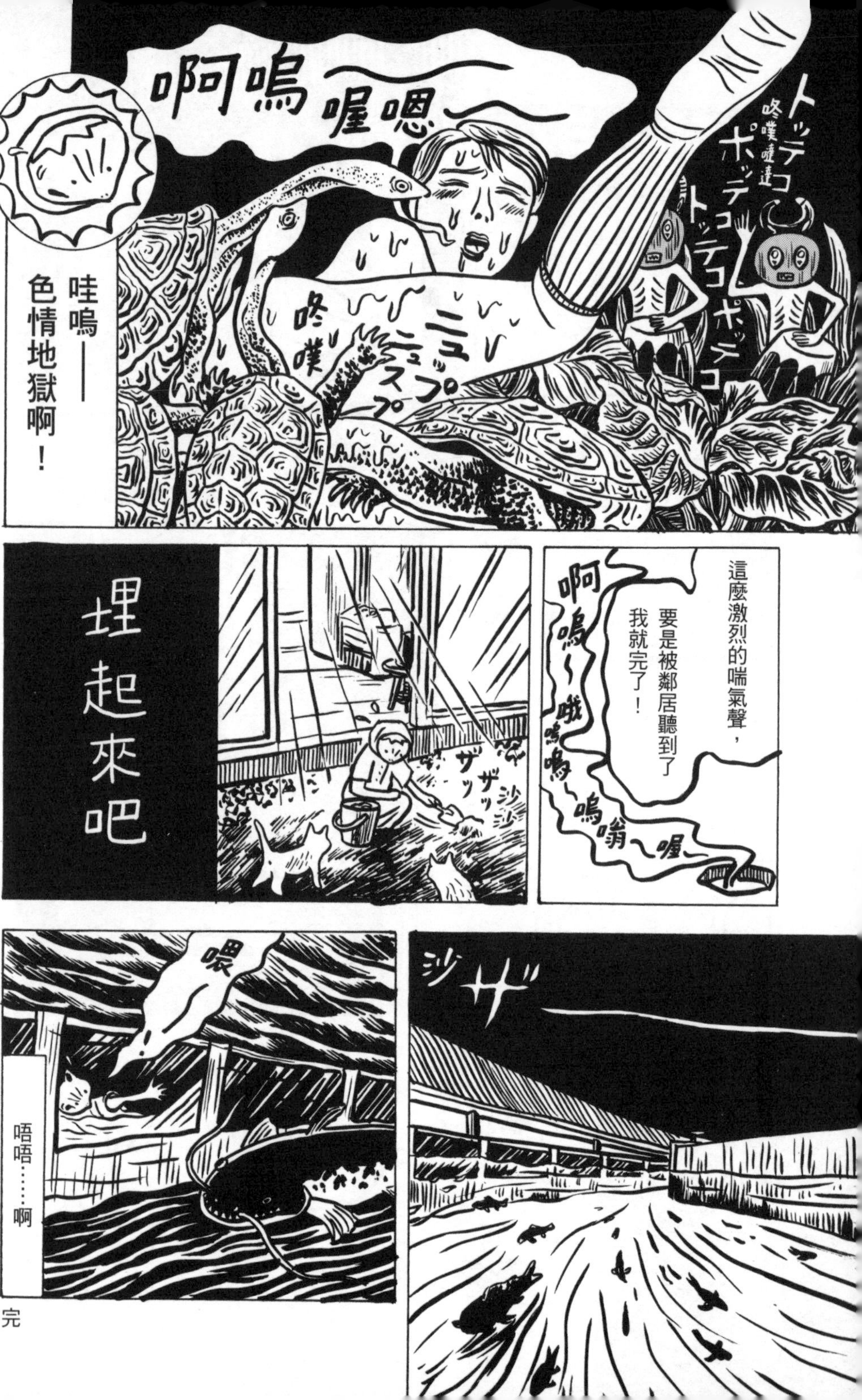
トッテコ
咚噗噠達
ポッテコ
トッテコポッテコ
啊嗚～喔嗯～
哇嗚——
色情地獄啊！
咚噗
ニュ
ニュッ
スプ
プ
這麼激烈的喘氣聲，
要是被鄰居聽到了
我就完了！
啊嗚～哦嗚嗚～嗚嗡～喔
ザッザッ
沙沙
埋起來吧
沙
ザ——
喂！
唔唔……啊

完

トルル

附錄

《紅色褲襪男》繁體中文版後記／導讀

異夢世界裡的漂浪遁逃

漫畫？不，它也許更像一座電動機關十八層地獄，從某座廟裡擴建到整座村莊，併吞文物館，佔領工業區。陰森，可是嚇不倒遊客，在我們心中勾起的笑意和鄉愁都比恐懼多。而且使我們感到熟悉：它的建材像是偷撿來的集體記憶，只不過呈現塵封多年後的面目全非。假死狀態。

興建並維護這座主題樂園的人，叫逆柱意味裂（逆柱いみり）。逆柱在日本民間習俗中指的是「逆樹木生長方向而立的柱子」據說如此立柱會導致家道中落，或招來火災等禍事，而在妖怪傳說中，這根柱子本身就會化為妖怪；いみり則為靜岡方言的「裂縫」。兩者並置，確實召喚出他作品的氣質——安身之處產生異變，分裂出容納異質物的零星空間。

體積最大的異質物，也許就是他自己吧。從小與學校、人群格格不入的他，高中畢業後短暫就業，之後於傳奇另類漫畫雜誌《ＧＡＲＯ》出道。最初使用本名望月勝廣發表作品，四年後才在第一本單行本《象魚》出版前一刻臨時改筆名為逆柱意味裂（這樣搞就算是《ＧＡＲＯ》的編輯部也會感到頭痛的），足見其無視常理與渴望避人耳目的面向。

事實上，回顧漫畫家生涯，他可說是持續過著半隱遁的生活。在他九三年出道前的訪談，編輯開門見山地問：「會想在一般商業誌上畫漫畫嗎？」他答：「有些商業漫畫家畫的是暢銷作品的亞種，靠此維生。就連這些人的段數都比我高上許多，因此我應付不來的。色情漫畫我也沒辦法畫。終究就只能在《GARO》上畫了吧。」然而鬼才橫行的魔窟《GARO》自一九七一年起便因銷售低迷停止支付稿費，僅於漫畫單行本出版時支付版稅，無法提供一般商業漫畫家的收入與生活品質。這卻沒有使逆柱意味裂棄筆。反正也沒別的事做得來了吧——就憑藉著這股低落的自信？悠哉的心情？搭配簡樸的生活，他至今斷斷續續畫了近三十年的漫畫。其中九成的商業出版漫畫（也就是經銷商會鋪貨，會在一般書店流通的書籍）也如他所說，都是在《GARO》以及後繼雜誌《AX》上連載後集結出版的。偶爾接接插畫案，一年舉辦一、兩次個展。用活躍兩個字形容他或許就言重了，但他的產出持續，也獲得海內外的狂熱追隨者，儼然已成為邪典型漫畫家。

本作《紅色褲襪男》於二〇〇四年出版，是逆柱意味裂的第六本單行本。它來到各位手中的過程相當曲折，各種因素環環相扣，並非單純的「發掘經典舊作加以出版」。我在〇九年首度認識到這位漫畫家時，他未絕版的作品只剩《空の巻き貝》（空中螺貝，暫譯），其他作品都只能到二手書市尋找，且價格高騰。可見想購書的新讀者還是很多，這些書卻並未像同樣由青林工藝舍出版的丸尾末廣早期單行本一再加印，持續流通。日後才得知原因是：作者不答應。「《ネコカッパ》（貓河童，暫譯）之後，我才感覺自己像是勉強畫得出點東西了，那之前的東西完全不行，簡直是史上最糟糕級的不行。」這是他在《AX》第四十四期的《紅色褲襪男》出版紀念訪談中的發言。顯然，他隨後把這個「行／不行」的分界持續往後調，到最後幾乎對所有舊作都不滿了。二〇一六年，Mangasick 舉辦他個展時邀請他來台，我們直接問他：「您的有些舊作在海外翻譯出版了。也就是說，舊作讓海外讀者看到無妨，但您在日本國內就是不想再版嗎？」他笑答是。隔年，中國另類漫畫雜誌《Special Comix》團隊向日方提案出版中國版漫畫，再過不久，我們便注意到逆柱意味裂開始對《紅色褲襪男》以及《はたらくカッパ》（潛水艇裡的河童族，暫譯）進行修訂和加稿，不定期翻拍部分內容在社群媒體上公開，最後完成的便是各位手中的改訂版《紅色褲襪男》。所幸，他不只讓中國出版這個修訂後的版本，也交給長年合作的青林工藝舍出版，造福日本讀者，也簡化了台版的授權問題。

本書共收錄兩個中篇，一個短篇。作品內發生的事情，幾乎都可以濃縮成兩、三句話，甚至一件事：跋涉。〈紅色褲襪男　伸縮自在〉中的裸上身褲襪浪人長途跋涉到貌似發明家的西裝男子的房間，惹怒其中一人，受到伸展拉長之罰。〈箱男〉的眼鏡男子騎機車穿過神似九龍城寨的破舊建築，途中展開一場追逐戰，最後來到海邊揭曉箱中之物。〈地底人艾曼紐〉的貓臉人扯開盆栽發現植物的根紮穿的洞下方有全裸的艾曼紐夫人，他禁不起誘惑跑去找她，卻被交付賣醃蘿蔔的任務，走了好長好長的一段路……沒了，事情差不多就說完了，沒有離奇的轉折、沒有驚人的結局。這是因為，逆柱意味裂採取了完全異於一般故事漫畫的方法論。

「〈箱男〉沒什麼故事可言，就只是角色騎著機車不斷移動。我只是想畫背景，所以那樣安排對我而言很方便。我沒什麼想要說的事。以往我要是想認真編故事就會想太多，畫出失敗作。」語出《AX》第四十四期訪談。當年他來台時，也曾指著書架上的漫畫對我說：「我覺得電影有好壞之分，可是所有漫畫都是讀著讀著就會發現有趣之處。所以我很少讀漫畫，讀了之後就會很沮喪，覺得不如人（笑）。」這故事過敏症？恐懼症？使他選擇完全透過「畫」，而非事件或角色，來魅惑讀者。角色的移動成為甬道，供讀者穿行，並且欣賞逆柱意味裂全心全意搭建的巨大惡夢佈景。電動機關十八層地獄的譬喻在此依然貼切：如今穿行其中的人不是在鑑賞它勸善懲惡的訊息（故事），而是物質容器與訊息的錯位，失準和粗糙產生的喜感，意外性帶來的新鮮悚然。逆柱意味裂投入的材料甚至都是昭和時代兒童普遍會接觸到的大眾文化元素：特攝怪獸、動作電影、超自然生物、恐怖漫畫。透過獨到的剪黏安排，他得以為我們還原「世界首度貼覆到兒童身上時的陌生觸感」，興奮與心慌，渴望探索與渴望逃離的無限拉鋸。

記得一些友人都曾納悶：逆柱意味裂為什麼沒有獲得更大的注目和成功呢？他的作品是如此獨特。經過幾年觀察，我想原因終歸於他的自我定位和價值觀。他就像柘植義春一樣，某種程度上自認為工匠而非藝術家，他們並非立下追求獨特性的遠大志向因而覓得獨特性，而是在對題材念舊、對表現手法厭舊的自我更新過程中，開闢出一方新天地。《GARO》系漫畫的魅力就在此吧——漂浪遁逃者反而留下遺產；自貶在他們身上並非一種新的社交辭令或緩解自身焦慮的安慰劑，而是一種砥礪。所以說，偶爾跟在這些「廢人」後面散散步吧。世界的某些面貌只有他們能揭露。

黃鴻硯

公館漫畫私倉 Mangasick 副店長

ビュルルルルンンン
跳

招牌看板中譯參考

頁2

怪奇！淒慘！

怪談電影大會

（由右至左）

連日午夜場

獻祭煉刀九十九處女

咀咒之骷髏蛇

怪談 食蛟鳥

怪談 有馬貓

頁4

（menu第一行）

沙瓦

日本酒

啤酒

（menu第二行）

石狗公

鮭魚

穴子

章魚

花枝

鮑魚

螺肉

干貝

文蛤

生蠔

蝦子

美酒

頁5

氣喘・子宮肌瘤

脊椎壞疽

卵巢囊腫

子宮・婦女病

胎毒・神經衰弱

尿床・寄生蟲

頁6

鯛魚鬆

朝日橡膠長靴

麻將

巴西

咖啡
耳鼻喉
皮膚性病

頁7

名產
山葵清
罐頭

頁12

狸傳膏
運動
小便禁止
高音道場
宇宙假聲
左下轉彎
京都風神秘療法
煙首肛門科
婦產科 性病科 內外科
鬍子男爵 馬上到
烏龍麵
粥
屋

（左下圖）
（右上）河豚
垢嘗 御料理

啤酒 150
甜酒 110
天丼 200
牛丼150
大眾割烹　胎毛
甲魚
山鯨（＊野豬肉）
壽司

頁13

香蕉
香蕉盤商
冰棒
（茶壺右）
一杯30円
韓國咖啡
（燈籠上字）黑輪
炒麵
泡菜
醃海味
干貝

特製冰棒

香蕉黑輪

頁14

（福神）繁昌

（燈籠上）黑輪

（註冊商標左右的字）

雞排香煎

頁16

電視出租

一流品牌 天然發色

每月 三百圓

發展中國家製 黑白

每月 貳拾圓

頁17

（下圖）

調味烏賊

香蕉

草莓

（瓶子上字樣）

梅干

頁19

（下，右方看板）

小便

氣喘

膿症

生蟲

宮肌瘤

壞疽

巢膿腫

經衰弱

（中間 手相）

坤（小指）

離（中指無名指）

巽（食指中指）

震（大拇指食指）

艮（掌丘）

（手心）

天紋

人紋

明堂

地紋

孫太郎蟲

（*將廣翅目昆蟲晒乾製成的藥，可治小兒夜啼）

腦丸

腦病神經病全治良藥

小兒寶津救命丸

解毒丸

商標

家庭專用

忍術丸
商標
多種家庭醫藥

（長椅椅背廣告）
對付老鼠特效藥
用不著貓了

頁22

海女實況秀

頁23

（下方菜單）
鰻肝
蔥串肉
肉丸
蛋
生
翅
內臟
整隻
耳
皮

頁35

野獸的胎裡
弓形蟲的
寄生蟲感染了
母體
在成長
這樣的
悲劇之
產生
100萬分之
遺傳或是…結婚
人異的異…

頁43

消炎止痛藥
住友製藥
綜合維他命
三共株式會社
蜆精
日本clinic
透氣繃

頁45

（上）
（されこうべ）
骷髏
（ホルモン）
內臟
疲勞回復之良藥
新興奮劑

登錄商標
寶石 貴金屬 專門
豪傑堂
輕食 喫茶
花花公子
（ミルクライス）
牛奶飯
（コーヒー）
咖啡
有效家庭藥
蛤蟆油
很有效喔（對話框）
登錄
商標
創業寬永10年
調劑 處方
藥
犬首藥局
雞巴蛋
天婦羅

（下）
晾屋裡
田鱉
甘口

（雲雀家看板左方）

餃子
麻將

頁46

感冒
加羅洞
仙丹妙藥
登錄
商標
一次見效

有明肥皂
浪花
芳香堂製造

登錄
銘酒
東京
天下
南天果凍
一品

頁49

頭痛
加羅

對付頭痛和牙痛

加羅利多D

頁50

發酵 製法

米糠味噌

頁51

蝙蝠

非法改裝

計程車

頁59

金平糖

岩米香

岩納豆

生薑漬

人類發電所

宇宙人

漫才

氣合術

馬戲

魔術

占卜

空手道

頁64

（上）

火星八隻腳地藏菩薩

對咳嗽 聲音喉嚨

很有效

頁78

（上）

茶花油之女（螢幕中）

頁81

（上）

蠑螺（炒菜鍋上方）

頁98

（大看板）

機車回收

飄飄

（左招牌）

便宜

二手車

頁168

（上，招牌）

卡拉OK

頁170

（左下）

內衣 200

長袖 400

短袖 350

頁189

（中）

（看板）

強壯HIT印

（下）

印

活動板手

虎牌醬油

頁199

（看板）

三輪蘇打

頁219

（看板）

冰淇淋

喫茶

甜食

枳殼屋

（看板）

電燈泡

五金

頁222

（右上）

（看板）

Super Market

小鳥屋

小鳥屋

特賣

頁228

（看板）

食堂 全壘打

拉麵 豪腕投手

投手 打折

好球

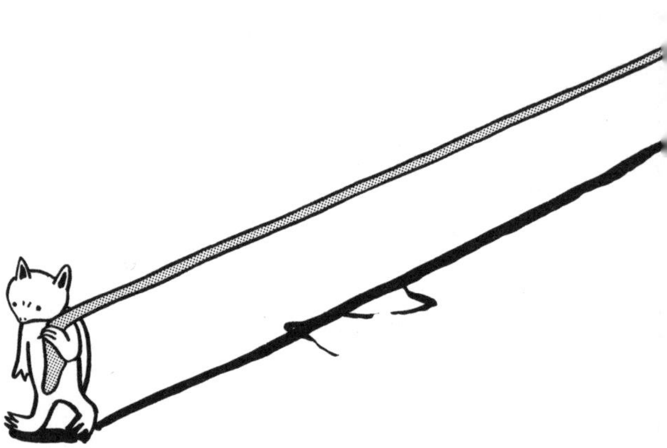

MANGA 001

紅色褲襪男

增訂版 赤タイツ男

作者 逆柱意味裂（逆柱いみり）

譯者 高彩雯

美術／手寫字 林佳瑩

內頁排版 黃雅藍

社長暨總編輯 湯皓全

出版 鯨嶼文化有限公司

地址 231 新北市新店區民權路 108-3 號 6 樓

電話 (02) 22181417

傳真 (02) 86672166

讀書共和國集團社長 郭重興

發行人暨出版總監 曾大福

發行 遠足文化事業股份有限公司

地址 231 新北市新店區民權路 108-3 號 8 樓

電話 (02) 22181417

傳真 (02) 86671065

電子信箱 service@bookrep.com.tw

客服專線 0800-221-029

法律顧問 華洋國際專利事務所 蘇文生律師

印刷 勁達印刷有限公司

初版 2022 年 6 月

定價 400 元

ISBN 978-626-95610-7-0